李仲才 著

与你共寻生命本真

心 / 灵 / 感 / 悟 / 录

海峡出版发行集团
THE STRAITS PUBLISHING & DISTRIBUTING GROUP
海峡文艺出版社
Haixia Literature & Art Publishing House

图书在版编目(CIP)数据

与你共寻生命本真:心灵感悟录/李仲才著. —福州:海峡文艺出版社,2019.12
ISBN 978-7-5550-2088-2

Ⅰ.①与… Ⅱ.①李… Ⅲ.①散文集—中国—当代 Ⅳ.①I267

中国版本图书馆CIP数据核字(2019)第292938号

与你共寻生命本真
——心灵感悟录

李仲才 著

责任编辑 任心宇
出版发行 海峡文艺出版社
经 销 福建新华发行(集团)有限责任公司
社 址 福州市东水路76号14层
发 行 部 0591—87536797
印 刷 福州力人彩印有限公司 邮编 350003
厂 址 福州市鼓楼区福飞路义井村池前10号鼓东工业小区
开 本 889毫米×1194毫米 1/32
字 数 180千字
印 张 10.625
版 次 2019年12月第1版
印 次 2019年12月第1次印刷
书 号 ISBN 978-7-5550-2088-2
定 价 46.00元

自 序

今天，人们最离不开的手中之物就是手机，用手机最主要是上网，上网最常做的就是打开微信，畅游微信世界。微信世界主要由三大块组成：个人微信，是个人之间点对点的交流互动；微信群，是某个人以某个主题为由拉一些朋友建立的特定群，只有在这个群里的人，才能相互交流；朋友圈，提供给有微信的人发布信息的平台，让微信朋友都可以看到，除非设限。正因为有了微信，才有了我于2017年出版的《与你共悟人生——微信早安絮语选录》和这本《与你共寻生命本真——心灵感悟录》。我在《与你共悟人生》书中曾写道："自己在与大家的交流互动中，长期积蓄在脑海里、心海中对人生的思考、感悟，似乎也找到了一个表达渠道，想让自己对生活、现实、人生的所感所悟，能与大家一起分享。"从2014年8月底至今，我通过微信发表自己的所思所想，有5年多了。原先只是发到学生、同学等群里，后来就把所思所想发到了朋友圈，让更多的微信朋友分享。

微信朋友是熟悉、认识和未曾见过面的人。他们来自四面八方，与自己有或多或少的联系，在微信世界里与自己成了朝夕相处的伙伴。也许他们中有的人只是偶尔给我们发一发信息，但是当我们点击他的微信时，却能真真切切地感受他的存在，尽管彼此相隔千山万水，彼此不再有更多的联系。在人生行旅中，微信朋友可以说是一群极为特殊的朋友，大家在朋友圈里感受彼此的呼吸，确证彼此的存在，一起分享各类信息，一起分享所见所闻，彼此已不存在时空的隔阂，仿佛就在自己的眼前、身边。在朋友圈里与自己理念相通的那些微信朋友，更增添一层亲切感。正因为有了微信朋友的相伴，才有了倾诉表达的伙伴，才让自己超越现实世界，找到更多的知音朋友。

在微信世界里，好像有一股无形的力量推动着我去思考、去写作，那股力量也许就是广大微信朋友的默默相伴和关注。于是我将在人生行旅中所遇到的人、做过的事、看过的景，在头脑里、心海里闪现、过滤，寻找思考的对象、写作的灵感，在柳暗花明、水到渠成之后，将所思所想记录下来，化成一篇篇早安絮语，让我的微信朋友们能够在第一时间里一起分享我的心得体会。本书所收录的200多篇短文是我从2016年10月至2018年12月所写的点点滴滴的心灵感悟。我们每个人只拥有一次生命，生命又是那么短暂，那么无常。如何让自己有限的生命在人间有限的时空中释放出最大的能量，绽放出绚丽的光芒，结下丰硕的果实，留下久远的芳香，这是我们的人生行旅中理应思考和践行的一个重大议题。对这个议题的努力探寻，构成了我的这本书的主题。两年多时间的关于生命本真的探寻，只能是对生命本真的接近，永远握不住生命的本真。生命本真是永远解不开的谜，我们只能一次次接近，一次次审视，一次次思索，一次次去感受生命的深邃，一次次去体认生命的奥妙，一次次去收获生命的给予。愿这本书能与大家共享生命美妙，共绘生命彩图，共获生命果实。

目 录

挂　　念

有时，好想给久违的你打电话，看着电话本里你的电话号码，却迟迟不能去按你的电话号码。给你打电话，你会接吗？打通了电话，你会感到惊讶和不便吗？接通了电话，我们能聊下去吗？我想给你打电话，是因为我的记忆之神唤起了我对你的挂念，让我有给你打电话的冲动和念头；给你打电话，也许不为别的，只想听听你那久违的声音，只想回忆你我往昔的日子，只想聊聊你我当下的生活。但我还是没能下决心打电话给你，因为我怕你已把我淡忘，打过去彼此会尴尬；也因为我怕打扰你的休息，影响你的工作、生活，会让你生烦、生厌。不过，我想也许你也期待有个久违的亲友打来电话，让你的生活有点意外、惊喜，同时亦可了却曾有的挂念。到底是给你打电话，还是不给你打电话？很是纠结。也许我会无限期地下不了给你打电话的决心。也许有一天你会接听到我的电话，那就请你别挂断，让我们好好聊一聊吧！

生命的倒计时

众人皆知浪费时间就是浪费生命。可是我们大家总是在不知不觉中浪费了不少时间，因为时间的慷慨大方，让我们不在乎时间分分秒秒地流逝，但是时间又是吝啬小气的，它给予我们的只是一次性的、不可再有的。可是当我们醒悟过来时，时间只给我们余生了。有人说，把人生的每一天都当作最后一天，人生会更精彩。此话说得不无道理。如果我们能以倒计时的态度对待我们的生命行程，会发现时间真的浪费不起，真的不够用，因为生命什么时候戛然而止，我们永远不知道，而人世间有很多事、很多人、很多景却等待我们去做、去聚、去看。我们不可能因为知晓终须一别的那天，而诚惶诚恐、无所事事地去等待那一天。我们要做的就是把每一天变得充实、丰满起来，变得有意义、有价值。人生的美好终究会馈赠给看重时间、珍惜时间的人。

昼夜交替，人生亦是

当夕阳渐渐淡去，天边慢慢拉起黑幕，夜如期而至。周而复始，日日如此，夜总是踏着它不变的步伐，来为大地披上缀有月亮、星星或只有星星或一无所有的黑色天幕。夜，让万物得到短暂的宁静，让生灵获得一时的安息；让白天的喧嚣归于沉寂，让白天的焦虑趋于平缓；让奔波的人们放慢匆匆的脚步，让忙碌的人们放松疲惫的身躯；让心灵的烦躁获得一夜的抚慰，让伤病的疼痛得到一夜的缓解。假如没有夜，天将永远睁大它明亮的眼，万物就会难以休养生息，就会难以养精蓄锐。昼夜交替，永恒不变。没有夜的安宁，就没有昼的热闹；没有夜的沉默，就没有昼的爆发；没有夜的期待，就没有昼的实现。当我们遇到人生的黑夜时，定要相信黎明终究要来临，那就在黑夜里坚守、坚持，曙光一定会普照，阳光一定会灿烂。

别离之后，才思相聚

远去的岁月，都将成记忆的风景。而在这风景里，你我的身影、背影时浮时沉，时隐时现。有时会努力去捕捉那熟悉的身影、背影，为的是不忘却曾经一起走过的路、一起看过的景、一起做过的事。时光不会倒流，往事不会再回。但是彼此曾有的感觉、曾有的情缘却依然留存在心底。每每想起与你畅聊、畅游、畅饮的那些日子，心中总是漾起一阵暖意、一阵惬意。人总是在别离之后，才懂得相聚的难得、珍贵。人永远不应孤单一人前行，需要有伙伴相随，才会有乐趣、有意思。人也不可没挂念、没思念，有了它们，才会去忆起、记住人生的情缘。期待与你不期而遇，那是人生的一份惊喜；期待与你相约而见，那是人生的一份厚礼。

少被人讨厌，多被人喜欢

人，没有不被人讨厌的，也没有不被人喜欢的。被人讨厌，被人喜欢，谁也绕不过，躲不掉。被人讨厌也许自己会知晓，也许自己不知道；被人喜欢亦然，也许自己会知晓，也许自己不知道。讨厌人被人讨厌，喜欢人被人喜欢，乃人之常情、常态。被人讨厌必有被讨厌之处；被人喜欢也必有被喜欢之处。只不过，我们总是不能确切知道自己被人讨厌之处、被人喜欢之处，因为我们常常认为自己说的和做的总是有理的、正确的，但是别人却有自己的爱憎、褒贬、是非的评判标准。被人讨厌或被人喜欢，主动权不在我们，而在他人。少被人讨厌，多被人喜欢，是我们的理想状态。不论是被人讨厌，还是被人喜欢，我们都不妨吾日三省吾身，检视一下自己的言行是否得体有礼、合规合矩，是否诚挚友善、不卑不亢。我们为人处世不求完美，但求少错。

不可打人脸伤人心

俗话说："打人不打脸，伤人不伤心。"脸，是人的形象窗口，是人相互区别的最重要标识，是人的人格、尊严的外化载体。心，是人的生命总闸，是人的灵魂居所，是人的思想生成地，是人的情感聚散地。脸既是人人相互区别的标识，也是人人随身携带的名片。人人对自己的脸都是极为爱护的，生怕受冻挨热，生怕受损破相；也是相当重视的，总是要以最好的形象和状态展示给大众，期待大家的关注和赞许。大家总是喜欢开朗大方的笑脸，而不是忧郁或怒气的黑脸。人的心有时是脆弱的，不堪一击，有时是坚强的，意志坚定；有时是敏感的，反应快捷，有时是迟钝的，犹豫不决；有时是单纯的，直率坦诚，有时是复杂的，深思熟虑；有时是狭隘的，斤斤计较，有时是宽广的，虚怀若谷。每个人的心思、心情、心境、心胸因时因地因人而呈现千差万别之状态。既然每个人的脸与心在其一生中都占据极为重要的位置，那么在人际交往中千万不可打人脸伤人心，彼此间若有误解，更多的应是克制、体谅、包容。

让人生轻松地漂、自在地漂

在茫茫人海中，我们犹如一叶扁舟，在不停地漂荡，不断地漂流。何处是彼岸？何时可到岸？我们谁也说不清，谁也说不准。漂荡的你我总在跌宕起伏、波涛澎湃的人潮中寻求平衡、寻找支撑，总怕波高浪急掀翻我们的小船。漂荡的你我要让小船好前行，只需备有必要物品，千万不要承载太多的物品，那会增加我们的负荷，那会增添我们的顾虑。漂荡的你我集船长与船员于一身，前行的路上一切只有依靠自己。沉着冷静、胆大心细、随机应变，是我们必须有的行动方针。漂荡的你我，不论要漂向何方，要努力做的就是轻轻松松地漂、自自在在地漂。

绽放生命之花

也许你的生活是高贵、高雅、高尚的，也许你的生活是平庸、平淡、平常的。不论是什么样的生活，其实都是自己的选择，也是环境的使然、命运的安排。生活没有好坏，没有对错，只要你认为你的生活适合你的条件，满足你的需求，那你所过的生活就是恰当的、正确的。不同的人，有不同的生活；不同的生活，有不同的心态。有的人爱计较自己的生活，爱攀比他人的生活；有的人爱抱怨自己的生活，爱羡慕他人的生活；有的人不甘自己的生活，嫉妒他人的生活；有的人自傲自己的生活，看轻他人的生活；有的人沉醉于自己的生活，忽视他人的生活。细想开来，不论我们彼此的生活方式有多么的不同，不论我们彼此的生活内容有多么大的差异，也不论我们彼此的生活水平有多么的悬殊，我们大家的生活目标一定是让生命得以延续，让生命充满朝气和活力，让生命体现意义和价值。让生命之花绽放得亮丽、芳香，我们唯有努力，再努力。

享受生活，每个人的权利

在我们日常生活中会听到这样的一句话：“我要好好享受生活。”是啊，享受生活，是每个人的权利。不论男女老少，不论贫富贵贱，只要是正常人，都会追求对生活的享受。每个人又总是以自己的方式和途径去享受生活。那么什么才是享受生活呢？是豪吃畅饮？是结伴游玩？是品茶闲聊？是听歌赏曲，爱啥干啥？这些也许都可算是享受生活的内容吧！享受生活其实就是让自己不要活着太累太忙，轻松自在过日子，学会忙里偷闲，学会苦中作乐。享受生活也就是让自己有更多的时间去发现生活的美，去感受生活的美，让生活的美带给身心快感、愉悦。享受生活也更是让自己有时间去倾听心灵低语、去触摸思想律动、去感受生命跃动，用心用情去拥抱灵性的自我。人生几多风雨，终将花开花落。生活之歌，低吟也好，高唱也罢，唯有静听、静悟，方能享受生活之美、生命之乐。

“我是谁”没有圆满的答案

“我是谁”这个问题从古至今一直都在叩问着人类的智慧。不过这个问题永远没有标准、终极的答案。“我是谁”也许是我们一生找不到答案的问题。对“我是谁”的叩问，其实是对我们短暂一生的身份确认。我们每个人都知道自己来自母体，但是脱离母体之后的我们却是一个个独立的生命体。在长大成人后，我们大家都置身在复杂多变的社会中，都忙碌、奔波在谋生存、谋发展的人生旅途上。又有多少人有时间停下匆匆的脚步去想想“我是谁”？也许有人会说，想这有啥用？想这能带来啥好处？也许有人会认为，这只是哲学家、思想家想的问题，是那些闲着没事干的人想的问题，这跟我们大众又有何关系？的确，去思去想“我是谁”不会带给人们立竿见影的实际好处，有时反而让人自寻烦恼，让人茫然困惑。但是，我们去思去想“我是谁”其实是对自我世界的一种心灵探索，是在一种空灵的境界中，对自我在自然坐标、社会坐标上位置、角色的确认，看看自己来的道、去的路。对“我是谁”的冥思，会让你真切地感到你永远是你自己，做好自己的一切是你存在的一切，你的价值、你的意义最终只能由自己体会、感受。也许“我是谁”要用一生去确认，但不论自己是谁，我们都将一步一个脚印走在人生路上，都在一分一秒燃烧自己的生命之火，我们都将以“我”之名活在当下，唯一的一次，无怨无悔。

笑容，人人都需要

人最美最甜的时候是你的脸绽放出满满笑意的时候。因为这时的你是最开心、最放松，也是最纯真、最友善的。是什么让你笑容满面？也许是你被人逗乐了，也许是你成功做了一件事，也许是你碰到一件开心事，也许是你遇到想见的人，也许是你和善待人的真心态度，也许是你乐观、开朗面对生活……人活着不能没有笑容，也不会没有笑容。笑和哭与生俱来，它们是我们情感的两大最主要表现。每个人都需要有更多的笑容，那会让自己的神经细胞变得活跃、健康，那会让自己的心态保持平和、舒畅。大家彼此之间也需要有更多的笑容，那会营造出融洽的氛围，拉近彼此的心理距离，形成和谐的人际关系。父母的笑容，充满慈祥，让人温馨；同学的笑容天真无邪，让人坦荡；朋友的笑容，充满真诚，让人信任；老师的笑容，充满和蔼，让人亲近；同事的笑容，充满和睦，让人互敬；恋人的笑容，充满甜蜜，让人羡慕；夫妻的笑容，充满温情，让人祝福；孩子的笑容，充满天真，让人喜爱。人人笑口常开，笑容常在，人生何不快哉，何不乐哉。

活出真实的自我

世界之广阔，人海之茫茫，相比之下，你我皆渺小。在天地之间，我们再高大，也不如天高地大。在时间长河中，我们再延年益寿，也只是短暂停留。在人生行旅上，我们再富贵荣华，也终将是过眼云烟。在广袤的宇宙中，我们每个人都是悄悄地来，悄悄地去，如一阵风来无影、去无踪，好像不曾来过、不曾待过。有时细想，我们这一趟来得好不容易，是不是要多待一待，最好别离去？可终究要辞别，心里蛮纠结的。不过，再怎么纠结，日子还得一天一天地过，饭还得一口一口地吃，路还得一步一步地走。既来之，则安之。既然选择不了我们的前世，选择不了我们的来生，选择不了我们的命运，那就选择当下的自己，选择对自己好一点。我们永远置身在存在无数不确定的世界里，永远被无数放大镜所透视，永远要面对无数的偶然。生活的压力、工作的压力、家庭的压力、社会的压力、人际交往的压力都将形成强大的心理压力，让你我防不胜防，让你我承受生命之重。我们不可能脱离社会而生存，也不可能脱离人群而独处。只有直面自己的处境，直视自己的状况，认清自己的条件，认识自己的优劣，我们才能找到自己恰当的人生位置，找准自己合适的人生坐标，不幻想、不空想，做自己的事，走自己的路。即使没有掌声、没有鲜花，即使没有大成就、没有大成果，只要能活出真实的自我，做个真正的自我，那也值得我们一生去拥有、去坚守。

坚持你的原则，坚守你的底线

你永远是你，我永远是我，他永远是他。每个人永远是其自己。你不必亦步亦趋走他人的路，你也不必人云亦云说他人的话。走自己的路一定会更舒坦、更自在，尽管有时会绕弯，有时会费心；说自己的话一定会更顺畅、更自如，尽管有时会出错、会激动。你可以大写自己，也可以小写自己，但不可以抄写、摹写别人，即使抄写、摹写得再端庄、再亮丽，也不是你自己的，这既浪费时间，又耗费精力。按规章办事，按规矩做人，这是我们立足社会之基，但是，是你的原则，你就该坚持，是你的底线，你就该坚守。做一个真实的你，也许需要你的付出、你的努力，但是它却会使你实现你的存在、你的价值。

割不断、抛不掉的过去

我们总是被时间牵着手，分分秒秒向前走，没有逗留的站，没有回程的路，只见闪闪而过的景，匆匆而过的人。远去的昨天都变成往日，远去的事情都变成往事。过去的点点滴滴早已溶进我们的血液中，也早已沉淀在我们的脑海里。过去，可以淡忘，可以尘封，但不会抹去，不会更改。过去，会在触景生情、睹物思人中被唤醒、被忆起，会在追溯历史、探寻真相中被还原、被证实。面对过去，我们永远割不断、抛不掉。而在我们心中常有恋旧、怀旧、忆旧、思旧之情愫、之情结。虽然往日不可回，往事不再来，但我们却可以把自己的思绪拉回过去。回眸过去，只是想回忆那些不该忘却的人和事，只是想回味那些远去的淡淡的诗意和诗情，只是想看清那些曾经犯过的傻、犯过的错，只是想保存那些今天需继续珍惜和呵护的东西。当然，回望过去，不是为了沉浸、沉迷、沉醉于过去，也不是要去背负过去的包袱和重担，而是要懂得舍弃、学会忘却，让明天的路、未来的路走得更轻松、更顺畅。

中国人的平安夜、圣诞节

12月24日过平安夜，12月25日庆圣诞节，这是西方国家很重要的传统节日，是基督教最重要的节日，也是西方世界以及其他一些国家和地区的公共假日。在全球化的今天，在国门敞开的中国，圣诞节也已经走进很多中国人的生活中。对于中国人过平安夜、庆圣诞节这个西方宗教节日，反对者也大有人在，他们的理由是中国不是信仰基督教的国家，是有丰富多彩中华传统节日的国家，中国人应当过好中华传统节日，不要崇洋媚外，过什么圣诞节。但是他们的理由再多、再充分，依然没能阻止许多中国人过平安夜、庆圣诞节的步伐和行动。当然，信仰基督教的中国人，他们过平安夜、庆圣诞节更具其宗教色彩和宗教意义。而很多中国人过平安夜、庆圣诞节是把它当作祝愿人生平安的日子。其实，对今天中国人过平安夜、庆圣诞节不必上纲上线地反对、责难，因为今天每个人的思想难以统一，其观念也呈现多样化；而那样做也只能从另一侧面证明对中华传统文化和传统节日缺乏文化自信，难道我们丰富的传统节日就被一个异域传统节日打败了吗？我们应当更理性、更开放地看待中国人过平安夜、庆圣诞节的这一文化现象。中国人过平安夜、庆圣诞节，其实是中国融入世界的一种文化表现，是对当代中国节日文化的丰富和立体化，是中国人借助异域文化对自我心灵的一次洗礼和净化。

为 2016 年圣诞节而作

人生没有假如

假如有来生，你愿意做现在的你自己吗？有的人会说愿意做现在的自己，因为现在的自己过得蛮好、蛮不错的；有的人会说不愿意做现在的自己，因为现在的自己过得很差、很不顺。可惜，我们人生没有假如，也没有来生。我们想有来生，那只是我们对心灵的抚慰、对理想的寄托。你把来生描绘得再美好、再亮丽、再迷人，那永远只是幻象，永远触摸不到。没有来生，只有今生。没有要做什么样的来生的自己，只有要做好今生今世的自己。活在当下，过好每天，这是我们每个人的现实。在今生今世，我们有时会很不理想、很不顺利、很不开心，有很多苦要受，有很多难关要过，但我们咬咬牙，熬一熬、挺一挺都过去了，因为我们有强烈的求生意念在支撑、支持着。而对此我们也要感谢、感恩那些在我们逆境、困境中伸出援助、帮助之手的人们，是他们的温暖、温情化解了我们心中的块垒，是他们的真诚、慷慨驱散我们生活的阴霾，让我们迎来人生的阳光。人生再苦再难，我们也要笑迎日升日落。

我们的这一次、这一回

在茫茫人海中，在有限人生中，我与你，我与他，你与他，我们都只认识一次，我们大家彼此相处也只有一回。可是我们的这一次、这一回，有多少人会特别在意呢？也许大家都习以为常，没有感到有什么特别之处，觉得人与人就是聚聚离离，那很平常，也很正常。也许大家觉得这一次就这一次呗，这一回就这一回呗，何必想那么多？何必那么较真？何必自寻烦恼？是啊，我们大家都有各自的看法和想法，这是情理之事，也是正常之事。对我们的这一次、这一回细细想想，会发现它们是我们人生的一种偶然和必然的融合。因为我们谁也无法预先知道自己会与什么人相识、相处，与某人相识、相处可以说是一种偶然，但是它又是一种必然，这种必然是命中注定的，是人的意志改变不了的。在偶然和必然中，我们的人生有了很多很多的这一次、这一回。不过，这一次、这一回有很多是一闪而过的，有的很快忘却，有的慢慢淡忘，当然也有不少的这一次、这一回是很长久的，是难以忘怀的。不论我们拥有多少次的这一次、这一回，也不论这一次、这一回能给我们带来什么样的感受、什么样的结局，这一次、这一回都注定积聚成我们人生溪流的点点滴滴，都注定落笔为我们人生篇章的片断。人生聚散终有时，认识相处实难得。为了留下美好的回忆和回味，我们何不对认识自己的人、与自己相处的人多一份真诚、多一份真心、多一份感谢、多一份感激？

从辛酸、苦涩中走出人生

往事，不论多么辛酸、多么苦涩，永远都是值得回味的，因为那流逝的岁月永远追回不了，那远去的经历永远重复不了。曾经的辛酸，撕裂了人生的一道伤痕，心落泪，情受压；曾经的苦涩，纠结了人生的一阵愁绪，心低沉，情徘徊。那些辛酸、那些苦涩，有时会刺激我们记忆的神经，让我们回想起那些往事，有的不堪回首，有的隐痛依旧，有的欲哭无泪，有的悔不当初，有的唏嘘不已。好在时间是伟大的医生，它用分分秒秒冲洗掉那些辛酸、那些苦涩，让我们熬过来、挺过去，让我们走到今天。今天，我们回味曾经的辛酸、曾经的苦涩，不是为了伤感，不是为了自责，也不是为了埋怨，而是要从那些辛酸、苦涩中学会纠正人生偏差，把握生活中的意外，懂得只有自己才能救助自我，才能让自我坚强起来。未来，我们可能依然会和辛酸、苦涩不期而遇，我们何不把它们当作人生的一段插曲，当作人生的一面镜子，把它们化作人生前行的一种动力，让自我更坚强、更阳光？

别忘却自我、迷失自我

当你忙于很多事时，当很多事让你忙时，你会发现时间不够用，时间过得真快，这时你会觉得自己真了不起，会做这么多事，不免沾沾自喜、洋洋自得；或者这时你会感到苦不堪言，身心俱疲，自己也很想慢下来，轻闲下来，可人在江湖，有时身不由己。当你太忙时，不论有多大的原因、多少的理由，都要放慢你忙的节奏，减少你忙的数量。别让太忙损耗你的身体机能，别让太忙增添你的心理负荷。忙坏的是你的身体、你的心情。千万不要等到我们忙碌了大半辈子后，到头来发现自己也不知忙出个啥来，有时甚至有空悲切之感。活在世上，不忙是不可能的，关键的是要学会忙里偷闲，不为忙所累，更不要在忙中忘却自我、迷失自我，而忙的最高境界应当是在忙中能让自己身心协调、和谐，能让自己的生命有所获、有所得。

辩证面对人生

盛极必衰，否极泰来，人生常在这两极中轮回。在门庭若市时别忘了终有门可罗雀之日。假如有一天自己变得一贫如洗、一无所有，甚至跌至人生谷底，也许那是命运使然，那时定会体验到什么是世态炎凉，定会醒悟到平淡才是真这一至理。在人生谷底时任何怨天尤人都无济于事，任何自暴自弃都不可取，要懂得困难是对自我人生的大考验。当靠自己的力量，并善于借力，走出人生谷底时，定会珍惜那些值得拥有的东西，定会看淡那些过眼烟云的东西。当有机会再次登上人生山顶时别忘了一路走上来的艰辛与不易，也别沉醉于眼前看到的那些美景，因为那些美景终将要消散。其实，脚踏人生平地，能够做自己力所能及的事，看自己触目可见的景，听自己顺耳的音，品自己可口舒心的茶，亦是人生的好选择、美境界。

健康每一天

活得健康，健康活着，越来越成为我们的奢求。谋生的艰辛，让很多人不得不付出健康的血本；现实的诱惑，让很多人甘愿以健康为代价换取所谓的成就；环境的恶化，则不断侵害我们健康的根基，让我们防不胜防。大家都知道健康第一。没有健康，一切皆归零。而我们的健康既有先天条件，即父母给予我们的基因，它是让我们拥有健康机体的第一要素；又有后天因素，那就是自己对健康的重视以及外部环境对健康的影响。我们对健康可控制的就是自我对健康重视的程度。只有高度重视自我健康，才有可能最大限度地去改变内外因带给我们健康的不利因素。如果自己对健康都不负责任，那就没有人能给予你我健康了。我们必须摒弃那些损害健康的心理和行为，培育和坚持有益于健康的心理和行为。当然我们在保障自我健康的同时，也要尊重他人维护健康的权利，也要推动和参与保障健康的公益活动。只有人人都重视健康、保障健康，我们才能拥有共享健康的良好社会环境。我们必须坚守健康第一原则，必须深化健康优先理念。愿我们大家健康每一天！

人生一事接一事，事事紧相随

人生有很多事，在一觉醒过来后，发现那事也就这么回事。想再多，那事还是那事。既然那事改变不了，又何必苦苦地身陷其中呢？再大的事莫过于天塌下来的事，既然天塌不下来，也就没有天大的事。不过，事总有大有小、有急有缓。遇事不惊不慌，用心用智，大事可化小事，小事可化了无，事急可快捷解，事缓可从容解。人生总是要遇到各种各样的事，有好事、坏事、丑事、难事、易事……而事之存在皆有其因其理，事之破解、化解，需明其因、知其理，且应顺其然，方得其果。因事事难料，且事事皆非合人意、顺人心，故不必为事事所困、所惑、所累。人生行旅，总为事事所环绕，一事接一事，事事紧相随，若能做到眼中之事心中无，看淡看透人生事，定会心宽体胖自随来，乐享人间趣事多。

孩子自有孩子的路

孩子是我们的，也不是我们的。从血脉来说，孩子来自我们的血肉之躯，是我们生命的复制和链接，是我们抚养成人的生命体。无论孩子长成什么样子，成为什么样的人，也无论离我们多远，来往是否密切，孩子永远都是我们的儿女。对孩子的关心、关怀、关爱，是我们的责任和义务，而在这过程中孩子会让我们获得人伦之乐、亲情之美，会让我们的人生变得完善、完美。从独立自主的生命个体来看，孩子尽管在幼小无助时需要大人的扶助，但是他们终究是行走自如、有自我情感和思想的生命体，我们终究是要放手让孩子走自己的路，我们对孩子所能做的，就是要让他们明白人生能做什么，不能做什么，而不是管制、操办孩子的一切，同时也让他们知道自己的命运之船是要靠自己掌舵的，而不是事事依赖父母。我们只是孩子人生的引路人，孩子应是自己人生的掌门人。孩子是我们的，是因为我们要尽为人父母之责。孩子不是我们的，是因为孩子自立自主是其人生的必然。孩子长大成人，独立门户，不让我们揪心、担心，那就是我们人生的一大成功和宽慰。

拥有快乐而长久的人生

是拥有短暂又辉煌的人生，还是拥有快乐而长久的人生？想必大家都会选择后者。的确，我们大多数人都想拥有快乐而长久的人生，但是并不是每个人都能实现。当然也有人想拥有那短暂又辉煌的人生，因为在他看来，人生都是苦短，终究要离去，何不在世活得轰轰烈烈、风风光光，也不枉这一生？于是他会用激情、生命去赌明天的灿烂、辉煌。对此，赞赏、认同的有之，反对、否定的亦有之。不论怎样，我们都应尊重他的选择。这也就是人各有志。而大家选择拥有快乐而长久的人生，其实就是想把苦短的人生变得快乐、变得长久，让人生路走得从容、自在，走得开心、欢畅。大家选择拥有快乐而长久的人生，意味着大家能以开朗、乐观的人生态度对待人生的得失、荣辱、恩怨，能以延年益寿的生命观珍惜、爱护自己的血肉之躯。人生的快乐而长久，取决于你的人生选择，取决于你的人生心态。愿我们大家都拥有快乐而长久的人生！

长相，人生路上的符号和标识

你的长相，我的长相，他的长相，可谓千人千相，各有其征，各有其韵。我们的长相是伟大的遗传基因有模有样造就而成的，也是造物主随心随意的神来之笔。人的长相有好差、美丑之分，也就是现在人们常说的颜值高低之分，有的人竟因颜值高而在人生路上处处遇绿灯，有的人却因颜值低而在人生路上处处碰红灯。我们每个人的颜值高低不一，那不是我们所能左右，那是我们的命运使然。颜值高的，不必沾沾自喜；颜值低的，也不必楚楚可怜。我们的长相，只是我们行走在人生路上的符号和标识。每个人长相千差万别，为的是不让千人一面而天下大乱。人的长相有福相，有穷相，有善相，有恶相，有凶相，有慈相，等等。不论长相如何，它只是人的面具，只透露出人的表面信息，而隐藏在面相背后的信息永远解读不透、不深，当然对此也不必解读透、解读深，因为每个人都有自己的隐秘世界，大家需要的是彼此尊重。在现实中，我们总是以长相面对世人，世人也总是以长相面对我们。我们不必纠结自己长相如何，也不要议论他人长相如何，因为任何的纠结和议论都改变不了每个人不可逆转的长相，那也会显得我们缺乏自尊、缺乏素质。我们大家若是加强修身养性，提高自身涵养、气质、人品，我们的长相就会让人越看越顺眼、越看越顺心。

生死总在一瞬间

有生就有死，人生之必然。生死总在一瞬间，人生须谨慎小心。当死神飘然而至时，人没有能力阻挡，而人也永远不知道自己什么时候会被死神所亲吻。死，对每个人来说，意味着人生之旅的完成，意味着人生之书的完笔，意味着人生之圈的完合。死，虽然是人的生命终结，但也让人的一切得到超脱；死，虽然带走了人的欢乐，但也带走了人的痛苦；死，虽然让逝者以不同的方式告别人世，但却让所有逝者在天国里得到永恒的公正、平等。对生的依恋、对死的恐惧，是人之本能。每个人都将直视、面对生死一别的人生终极问题。只有深知死神终将会降临，才能紧紧握住生的每一天；只有对死敬畏，才能对生敬重；只有把死当作人生的最后一次升华，才能泰然地面对死神的亲吻和拥抱；只有不回避死神的来临，才能准备好人生的落幕。面对生与死，寸寸光阴都是金，秒秒时光都是宝，为此人生益事须尽为，人生乐趣须尽享，人生得意须尽欢，方可欣慰人生走一回，安然告别短暂人生。

人生的平台与机会

人生需要平台，需要有展示和提升的平台。有了平台，平凡的就有可能成为杰出的；有了平台，平常的就有可能成为卓越的。我们很多人其实都是潜力股，只不过因为缺乏了展示和提升的平台，其才能、才华就被永久地压制和湮没了，这对人生无疑是永远的痛。平台的拥有，不是天生就有，也不是随便可得，它有时需要我们的努力，有时需要我们的准备，有时需要我们的等待，有时需要我们的机遇。拥有的平台有大平台，有小平台，有长久的平台，有短暂的平台。但无论拥有人生何种平台，有了平台，我们就要把握住机会，别让机遇丢失，别让梦想错过，并在平台上，尽情展示自己的风采，尽情挥洒自己的才智，圆梦自己的人生追求，铸造自己的精致人生。

长寿的最佳标配

人最大的成功不是任何别的，而是长寿地活着，活得长寿。因为长寿，我们可以享受更多的亲情友情，可以阅览更多的人生风景，可以见证更多的时代变迁，可以体验更多的人生要义。当然长寿也会让人经受更多的生命考验、经历更多的人生聚散。我们是否长寿，除偶然因素之外，不仅取决于我们的基因、我们的生存环境、我们的医疗条件，也取决于我们对生命的态度、对人生的期许。在和平年代，我们更渴望我们的生命能拥有更长久的活力，更希望我们的人生能享有更长远的行旅。我们没有人愿意生命之花早早枯萎、凋谢，也没有人愿意人生之路早早中止、结束。让生命自然流淌，让生命自然枯竭，这是长寿的最佳标配。拥有健康的身心、拥有优质的生活，这是长寿的最佳境地。要长寿地活着、活得长寿，不仅需要我们强身健体，更需要我们开朗乐观，从容应对人生的一切。愿我们大家都健康长寿，在长寿中好好享受人生。

不必纠结过去的事

天空的云彩再美丽壮观，经过一阵风之后，也终将消散；大海的波涛再汹涌澎湃，经过一阵风之后，也终将平息。不必太在乎曾经拥有的美好，也不必太在意曾经遭遇的悲伤。一切的美好，都是一瞬间的，但也会留下淡淡的甜味；一切的悲伤，都是一阵子的，但也会留下丝丝的苦涩。那些甜味、那些苦涩，只是人生调味品，有时品一品，不忘人间有冷暖，不忘世态有炎凉。人生有很多事，不是想怎么样就怎么样，也不是想不怎么样就不怎么样。有些事会让人出乎意料，有些事却在意料之中。做事三思而行，方能防微杜渐，做事尽心尽力，方可问心无愧。不要追求完美无缺的结局，也不要奢求人人满意的结果，因为人们评判的角度不同、标准不一，其看法、其结论也不尽相同。河流的水永远向前奔流不回头，我们所遇之事、所做之事也永远是一次性、不可逆、难重来，无论其结局、其结果如何，都是既成的事实，不论好也罢，坏也罢，也不论理想也罢，不理想也罢，我们都得面对、接受。远方的路还得走，前方的事还得做，不必太纠结曾经的事，不必太烦恼过往的情，让一切都顺势而为、随遇而安吧！

让自己坚强与自信

人时不时都会消极、沮丧、悲观、厌世，有着看破红尘之感。是的，那一定是我们劳累困顿，或是压力重重，或是无所事事，或是烦恼忧愁，或是伤心欲绝，或是倍受打击的时候。总之，当我们处在逆境、困境时，不免情绪低落，意志消沉，再蓝的天，看上去也是愁云惨雾，再清的水，看上去也是浑浊不堪。理想与现实的差异，愿望与现状的差异，条件与需求的差异，目标与结果的差异，时常让我们身受困、心受累。有时不是我们不努力，而是我们难控局面、错过时机；有时不是外部力量太强大，而是我们内心脆弱、胆怯。有时，能让自我坚强、自信起来比什么都重要，因为坚强会让我们不会不堪一击，自信会让我们不会畏缩不前，只有坚强、自信的自我，才能在逆境、困境中最终拯救自我、解脱自我、升华自我。在这世上，最大的救世主就是自我。正视自我，相信自我，依靠自我，拥抱自我，让自我顶天立地，让自我阳光灿烂，这是你我人生必须有的态度。

那匆匆的人生路

岁月匆匆，生命匆匆，人生匆匆，一切匆匆。当我们明白自己之所以然时，岁月已匆匆，生命已匆匆，人生已匆匆，一切已匆匆。匆匆的岁月，总是带着我们一路向前走，做一次匆匆的旅行，没有回路，只有去路，好坏都是风景。匆匆的生命，以其魔力让我们经历从无到有、再从有到无的一番匆匆的演变，我们来自无，我们归于无，不必伤感，不必难舍，这是我们永恒的命运。匆匆的人生，将我们带入如梦如幻般的世界，现实与梦境总是交错，连绵不绝，似梦非梦，似醒非醒，真真假假，虚虚实实，不论有怎样的结局，都是现实与梦境的归零、终结。匆匆的一切，告知我们不要醉心曾经的拥有，也不要在乎曾经的失去，物质、有形的一切终将消亡，唯有精神、灵魂永远飘荡在苍茫宇宙中。我们永远挡不住岁月的匆匆、生命的匆匆、人生的匆匆、一切的匆匆，但却可以放慢自我的脚步，来淡定、从容地充实自我、丰富自我，在那匆匆的人生路上快乐地体验那匆匆的生命，平和地度过那匆匆的岁月，无悔地告别那匆匆的一切。

人的世界

人有时会活在自己的世界里，有时却会活在他人的世界里。有的人只喜欢活在自己的世界里，有的人却情愿活在他人的世界里。活在自己的世界里，人会以自我感觉、自我意愿为主导，有时甚至变得唯我独尊。在这个世界里，人往往会沉浸在自己的王国里，不合群，独来独往，很容易使自己变得孤僻，变得偏执，与他人与社会显得格格不入。活在他人的世界里，人会以他人的意见、想法为自己的意见、想法。在这个世界里，人可以不要有太多的想法和看法，别人怎么样，自己跟着怎么样就行了，这似乎看起来活得很轻松，其实这是仰人鼻息过活，失去了自己的独立性、自主性。只活在自己的世界里或只活在他人的世界里，都不是我们应有的生活方式，也不是我们应有的人生选择。其实，在现实中，我们作为独立的生命体、社会的一个成员，活在让自己与他人互动的世界里，也许是一种理想的状态。在这个世界里，让自己既保持自我的个性和特质、保有自我的尊严和人格，又善于倾听、吸取他人有益的意见和想法，转化为自己人生的动力和能量；既不孤芳自赏、唯我独尊，也不随波逐流、人云亦云；在尊重、理解自己与他人中做个亲近他人亦被他人亲近的快乐的人。

死之敬畏，生之敬重

清明时节，扫墓祭祖，缅怀远去的先辈，感恩永远的至亲，珍惜当下的活着。人生之永别，纵有千般不舍、万般不愿，都不得不直面和接受。活在世上永远只是一阵子，只做一个匆匆的过客。想再多、要再多，身也累、心也累，而终究是一无所有地飘然而去。生有时，死无时；生有限，死无限；生有涯，死无涯。生之要义，是让人对生的经历、感受、体验、领悟；死之要义，是让人对生看得明白、透彻、清醒、珍惜。只有对死参悟，方能对生把控；只有对死敬畏，方能对生敬重。

2017 年清明节感怀

人需要倾听

人需要倾听他人，也需要他人倾听。倾听是一种态度，是一种修养，也是一种美德。在现实生活中，你会遇到有困难或有难题的人，他很想找人谈谈他的苦衷，并寻求解决的办法，这时他找到了你，你是回避还是倾听呢？当你选择倾听，意味着你愿意为他排忧解难。这时，你倾听他诉说，你一定会以平和的心态对待他，你那专注的眼神，你那和悦的脸庞，你那时时微微的点头，你那偶尔恰当的应答，向他传递出你的认真、你的诚意、你的共鸣，让他感到你是个可交谈、可交心之人，他会向你敞开心扉，讲明事情原委，期待得到帮助。也许你帮不上忙，但是你的认真倾听，排解了他堵在口中和心中的块垒，给他一种心灵的宽慰，这种宽慰是我们每个人遇到困难或难题时都需要的一种精神支撑。在生活和工作中，我们会遇到各种各样的问题，要破解所遇问题，就很需要大家彼此倾听对方的意见和想法，在心平气和的倾听中，大家各抒己见，达成共识，达到化解问题的目的。倾听，呈现的是一种包容、宽容的态度，体现的是一种会理解、懂尊重的修养，表现的是一种体谅他人、善待他人的美德。在我的人生路上有你的倾听，我会倍感温馨和自信。

旧照带来的思绪

岁月痕迹，留存旧照，远去背影，永远定格。每每翻看，不免长叹，人生一世，匆匆而过。名大名小，利多利少，争来争去，如梦如幻。寻一静处，修身养性，格物致知，宁静致远。邀些好友，清茶香酒，细品闲谈，开怀舒心。登登高山，远眺群山，清风拂面，心旷神怡。亲亲大海，一望无际，蓝色情怀，有容乃大。岁月已逝，纵有千军，亦难追回，唯有直视。当下活着，自由自在，最珍最贵，好好拥有。

真实、真情、真相、真理

世界纷纷扰扰、喧喧闹闹、熙熙攘攘。什么是真实？什么是真情？什么是真相？什么是真理？谁能辨得明？谁能说得透？谎言时常把真实来遮蔽，要捅破谎言那层纸，何其难啊！虚情假意时常将真情实意来糊弄，这让那些付出真情实意的人情何以堪啊！真相时常被人故意屏蔽，让人扑朔迷离，如坠入雾中啊！真理又时常被谬论、歪论所包围，为突出这重围，让追求真理者付出了多少代价啊！真实，也许就在我们的一瞥中；真情，也许就在我们的拥抱中；真相，也许就在我们的倾诉中；真理，也许就在我们的坚持中。追求真实，是我们内心的永远诉求，我们每个人都不愿意生活在虚假的世界里。拥有真情，是我们情感世界必须有的情结，人间若是没有真情，将会使我们失去温馨、甜美的生活。看清真相，是我们立足世界必须有的眼界，只有拨开云雾，看穿、认清真相，才知道世界原来是如此，不再迷糊，不再受骗。守住真理是我们必须有的品格，人间一旦失守真理，就会有悲哀、有悲剧。愿真实与我们长相伴，愿真情与我们长相随，愿真相与我们长相行，愿真理与我们长相守。

记住乡愁，品味乡愁

每个人心中都有自己的乡愁。每个人也都有回不去的乡愁。曾经的平房木屋，虽然低矮，却接地气，让人感到踏实；曾经的大院天井，那倒映在井底的月亮，怎么捞都捞不起来，人们充满着猴子般的好奇；曾经的小巷胡同，是那样窄小、悠长，人与人总是互打招呼，擦肩而过；曾经的邻里街坊，常常相互串门、唠嗑，互帮互助，尽管也有些摩擦、矛盾；曾经的小吃甜点，让人口水直流，总是细嚼慢咽，舍不得一下子吃完；曾经的游戏玩具，捉迷藏、踢毽子、弹珠子、折纸船、做弹弓。那些远去的日子，那些消失的建筑旧景，那些一去不返的生活场景，都成了挥之不去、抹之不掉的乡愁。乡愁，犹如远方飘来的一首缠绵悱恻的乐曲，在我们的心海里激起一阵柔情、柔美的涟漪。忆往昔，看今朝，叹年华易逝，物非人亦非。诗意的远方，远方的诗意，无限感慨，感慨无限。记住乡愁、品味乡愁，让人不忘来的路，让人保有甜美的回忆，让人带着诗前行远方。

面对现实，活在现实

如果时光能够把我们带回到以物换物、自给自足的时代，你愿意过那样的生活吗？也许你愿意，也许你不愿意。但是不论你愿意与否，我们永远都回不到那个时代。如今尽管我们物质生活丰裕了，可有时却不免怀念那个时代，想重返那个时代，也许是我们的当下有太多的难忍、太多的压抑、太多的不安、太多的负担，让我们有逃离当下现实的冲动。回到那个物物交换、自给自足的时代，大家日出而作，日落而息，用自己生产的物质满足自己的生活，同时也用多余的物质与他人交换自己没有却又需要的物质，不再有追逐名利的烦恼，不再有饮食污染的担忧，不再有职业奔波的辛劳，不再有明争暗斗的闹心，平淡、平静的日子一天天过着。然而那时代、那一切早已是那么遥远、那么不可及。时代总是向前走，社会总是向前发展，人类总是向前进步。面对现实，活在现实，是我们唯一的选择。虽然现实会不理想，会不如意，但现实也会提供机会，提供平台，让每个人演绎不一样的人生，收获不一样的人生果实。在现实中，我们会伤痕累累，会举步维艰，会疲惫不堪，但是只要我们有活着的信念，就没有过不了的坎，没有解不了的结，没有闯不了的关。在现实中，我们一定要在心海升起一轮不落的太阳，让心中的灿烂阳光照亮现实的航程，驱散现实的黑暗，消融现实的阴冷。我们不阳光，谁又能让我们阳光呢？

曾经有过的青春

我们曾经青春年少，热血沸腾；我们曾经理想飞扬，抱负远大；我们曾经激昂慷慨，愤世嫉俗。青春的我们永远不管天有多高、地有多厚，爱追逐时代的潮流，做个弄潮儿，争强好胜；爱打抱天下的不平事，仗义执言，侠骨柔情；爱崇拜心中的偶像，学习榜样，追求梦想。色彩斑斓的青春，激情澎湃的青春，总是让人豪情万丈、信心百倍。经过岁月的洗礼、人生的磨砺，今天我们的心已沉稳，情已平稳，梦已安稳。远去的青春已成为美好的记忆。哭过笑过梦过追过的青春，我们怀念，我们珍藏，我们无悔。

为 2017 年“五四”而作

期许与你一起到老

陪你一起到老，是我一生的期许。在那人生不经意的日子，我们相遇，在那些共度人生的时光，我们相知。纵然有一天，你我分隔千山万水，我依然期许与你一起到老。每每想起你那真情的眼神，总有一股暖流在心中荡漾。每每品味你那柔情的话语，总有一阵清风吹散人生的炎热。每每忆起你那温情的笑声，总让我相信春天永远是绿意盎然的。每每感受你那纯情的心灵，总让我深深体悟人间的纯真、真诚、诚挚是多么珍贵。陪你一起到老，不为别的，只为与你在人生路上情意满满、情谊深深；陪你一起到老，不求别的，只求与你在人生路上拥有美好的情缘，享有惬意的回忆。

面对命运

人的命运，很多时候不是自己能决定的。人对自己之命运，有时是无可奈何花落去，有时是强颜欢笑在人前，有时是高歌一曲壮豪情，有时是电闪雷鸣何所惧……面对命运，不妨守势和顺势。守命运之势，就是走自己的路，做自己的事，没有非分之想，不患得患失，相信一分耕耘一分收获，拥有所拥有的，享有所享有的。顺命运之势，就是自己的路该怎么走就怎么走，自己的事该怎么做就怎么做；路的曲直，自有其定数，事的难易，自有其道理；行路要通畅，需遵其定数，做事要顺利，需循其道理。在守势和顺势中掌握自己之命运、经营自己之人生，不要悲伤，不要忧愁，请善待自己，快乐自己。

付出努力，得到收获

有时是不是觉得我们活着蛮可怜的？为谋生，为三餐，我们永远奔波在路上。顶寒风，迎酷暑，冒大雨，生怕上班迟到，生怕工作怠慢，生怕生意亏本，生怕薪水被扣。一天的劳作似乎有干不完的活。然而干活为啥？难道只为混个温饱，只为养个家，只为谋个利，只为图个名？也许这些都有吧。可是想想我们这一辈子的劳作，有多少东西是自己真正想要的？有多少东西是自己真正得到的？有多少东西是真正用于自己的？有多少东西是真正属于自己的？细想之，这些永远没有准确的答案。其实我们的生存状态都是人人相互依靠相互协作、彼此相互依存的，想靠一己之力是很难生存的。我们的奔波、忙碌是我们一生的必然。我们在奔波、忙碌中需要的是一张一弛、有松有紧、适度而行、量力而为，付出努力，得到收获。

感恩妈妈

妈妈，我们好想再回到您的肚子里，躺在您那柔软、舒适的充满爱水的床里，那是我们人生的第一张床，也是我们生命的起点。没有您的十月辛苦，就没有我们的精彩人生。

妈妈，我们好想再变成一个小小婴儿，被您抱在怀里。您的双臂给了我们人生最强的支撑。您那心脏的咚咚咚声，是我们人生听到的最悦耳的音乐。

妈妈，我们好想再用那小手扶着您的大手，蹒跚学走路。您的鼓励，让我们迈出了人生的第一步，从此开启了人生之旅。

妈妈，我们好想再用小嘴跟着您的大嘴，咿呀呀学语。喊您“妈妈”，那是我们人生的第一次准确发音，也是第一次对您的感恩。

妈妈，我们好想自己永远不长大，您也永远不老，永远和我们在一起。但是我们知道时光老人不会答应。您的辛劳、付出，让我们长大了，可您却变老了。您的缕缕白发、道道皱纹写满了对子女的爱和希望。我们总是有很多事情让您费心劳神，您也总是牵肠挂肚地把我们放在您的心上，不论我们走多远，也不论我们离别多久。

妈妈，您是我们一生的依赖，我们是您一生的牵挂。

妈妈，您在，就是我们最大的幸福与安慰；妈妈，您不在，则是我们永远的心痛和追思。

愿天下妈妈都平安幸福！

2017 年母亲节抒怀

真爱可遇不可求

在茫茫人海中，你的真爱在哪里？谁能说得清道得明？真爱其实是一种可遇不可求的美丽传说。真爱，那是彼此无怨无悔的付出，那是彼此无私无利的献出，那是彼此心灵的相通、契合。谁能在其一生对其所爱之人有这种付出？在现实人生中，父母对子女的爱，那是一种责任的爱；子女对父母的爱，那是一种感恩的爱；夫妻之间的爱，那是一种缘分的爱；同学之间的爱，那是一种同桌的爱；朋友之间的爱，那是一种情谊的爱。虽然真爱可遇不可求，但却是我们一生中的美好期待。正因为有这种期待，我们才能看到那么多抒情的诗篇，才能听到那么多动人的故事；正是怀着这种期待，我们总爱憧憬那人生的传说变真，总想亲历那人生的美好景象。愿我们都能遇到自己的真爱！

“江湖”如一张巨网

“人在江湖，身不由己”，说的是人生的一种现实和无奈。“江湖”有其规矩，有其定律，有其原则，更有其潜规则。人落在“江湖”中，纵有三头六臂、七十二变，也只能依“江湖”之规行事。“江湖”犹如一张巨网，让在“江湖”之人欲罢不能、欲脱不得，若是左右冲撞，上下跳蹿，必然会带来左右、上下之压力。人在“江湖”有多少辛酸、多少无奈、多少苦涩、多少难忍，都得独自扛着、担着。在“江湖”，有时你不惹人，他人却惹你；有时你远躲是非，是非却找你；有时您想要公道，歪曲却烦你……正是常言所道“江湖险恶”。尽管如此，行走在“江湖”，还是要安分守己、为人低调，有良心保尊严，吃点亏不碍事，要权益讲策略，一句话，“留得青山在，不怕没柴烧”。

真话的价值

假如有一天有人用其强权、威权不让你说心里话、真心话，不仅如此，还让你为说心里话、真心话付出代价，甚至是惨重代价，那时，你会有什么样的感受呢？你又将如何面对、应对呢？也许你会再也不相信世上有真言、世上还需要真言，也许你就此不愿袒露心胸说真话，也许你也人云亦云，讲话遮遮掩掩、虚虚实实、真真假假。当人们都不能讲真话，也都不愿讲真话时，这个社会将充满着一个个黑洞，人们永远不知道自己什么时候会被黑洞所吞噬。没有真话，人人之间只有防备、猜忌，大家都成了熟悉的陌生人。人们生活在能够讲真话、愿意讲真话的世界里，大家一定舒坦、旷达，不扭曲、不压抑，彼此一定是互信、融洽，不怀疑、不怨恨。今天，你能够讲真话吗？你愿意讲真话吗？

人对生命的态度和取舍

那一日，他站在汨罗江边，仰望蓝天的穹谷，欲把天问个透。转身回望故土，心中涌起无数离骚。家国已不在，理想已破灭，面对那滚滚江流水，一腔悲愤之情充满胸间，一阵失望之情占满脑际。是屈辱活着，还是悲壮而去？他选择了后者。他毅然决然、无怨无悔地纵身投入江中，任凭江水紧紧把自己拥抱，坦然地迎接生命的最后一瞬间。他那纵身一跳，写就了千古绝唱，留下了千年追思。生命只有一次，对生命的价值和意义的解读，却因每个人的生存环境、人生遭遇、价值取向等而千差万别。而一个人选择自我了结生命，那一定是他深感生无可恋、生无可托。他或者看透生命，看破尘世；或者痛苦不堪，忍到极限；或者压力重重，万念俱灰。在内心煎熬和挣扎中，他做出这一或痛苦或悲壮或无奈的决定。生命永远是人人最值得珍惜的东西，不要轻易放弃对生命的拥有。但是也要尊重每个人对生命的态度和取舍。

2017 年端午节感怀

回不去的童年

童年，永远回不去的童年。历经岁月沧桑，经历人间冷暖，才知童年时光真好真美。

童年，我们又小又矮又弱，可以调皮、可以撒娇、可以大喊大叫、可以又哭又闹，大人拿我们没撤，当然我们有时也会挨骂挨揍。童年，我们好动爱玩，上树抓知了，池边捞蝌蚪，湖旁钓小鱼，土里挖蚯蚓，弹珠子，射弹弓，踢毽子，捉迷藏……好像有使不完的劲，用不完的力。

童年，我们充满好奇心，它带着我们稚嫩的思想飞呀飞，心中有着无数的问号，爱问这爱问那，问天问地问十万个为什么。有时爱打破砂锅问到底，弄得大人又烦又怕。

童年，我们好天真又好傻乎乎，总是相信大人讲的话，总爱听老师说的话，那时是是非非、恩恩怨怨显得朦胧、遥远，心中总是装着美好、奇妙、纯情的东西。

童年，再也回不去的童年，只能在梦中偶遇，只能在记忆中搜寻。只要我们还保有童心童真童趣，童年的梦、童年的情就会永驻我们的心间，何惧岁月催人老?

为 2017 年儿童节而作

人生的选择

每个人的人生都是自己选择的，每个人也只有自己才能对自己的人生负责。有时我们会怀疑自己的人生是否选择对了。当你开始怀疑人生时，想必你正经历一场风雨洗礼，现实的是非、恩怨、得失冲击你的生活，撞击你的心灵。也许你喟然长叹：老天啊，你为啥对我不公？也许你潸然泪下，默默哀怨走的路为什么那样艰难。是啊！我们往往会在困难、忧伤、挫折、迷惑的时候怀疑自己的人生，想这一路走来是不是走错了。其实不论我们怎么怀疑人生，人生都永远摆在我们面前，放置在我们脚下，更装在我们心里。只不过人生的路有时是弯曲的，有时要爬坡，有时会下滑，对此我们不可能不应对，不可能不向前走。每个人应对的方式不同，迈出的步伐快慢不一，但是大家的目的地、结局都是一样的。其实我们每个人选择什么样的人生，既是个性使然，也是环境使然。人生的对错与否、好坏与否，因人而异，因势而定，没有绝对，是“横看成岭侧成峰”。只要你认为你选择的人生是对的，那就勇敢地走下去，用宽广的胸襟笑迎八面来风，用博大的情怀包容天下恩怨。你的人生，由你把控，由你享有。

人类的男女造就天下的故事

天下的故事，林林总总，奇奇妙妙，有长有短，有喜有悲，永远说不尽、道不完，而故事的主角永远是男和女。天地之间，最神奇、最美妙的生物就是人类的男女。男人的风格好似苍松劲拔、大海澎湃，女人的风格好似垂柳依依、溪水潺潺。男人的性情多为刚烈如火，女人的性情则多为柔情似水。男人的心境，女人永远看不透；女人的心思，男人永远猜不透。男女演绎着无数大大小小的故事。他们有写不尽人间的悲欢离合，有诉不尽人间的恩怨情仇。男女之爱情有多少山盟海誓到海枯石烂？又有多少缠绵悱恻到天长地久？因为有现实和务实，爱情永远在浪漫、理想的路上。男女之婚姻让彼此为家，为子女而相守、尽责，也让自我情感、心灵不再漂泊、茫然，而有了依托、慰藉。爱情故事、婚姻故事是男女永远的故事，它们不论是跌宕起伏、扣人心弦，还是低吟浅唱、平淡如水，都是男女一生的际遇和选择，也是男女要用一生去抒写、去成就的。

人际关系和内心自我

我们每个人都是以生开始，以死结局，这都是共同、一样的。但是每个人的一生却又不尽相同，这是因为每个人从生到死的过程各种各样，千差万别。人活着其实就是从生走向死的过程，也是生对死的抗拒、拖延的过程。在这个过程中每个人都用心用智用力去抗衡死的侵扰、威胁，让自己活得更顺畅、更长久，也更有意义、更有价值。在这个过程中每个人要战胜的对手很多，其中最重要的隐形对手是人际关系和内心自我。一个人永远要与不同的人来往、打交道，这就形成了人与人之间的人际关系，它如空气般无所不在、无时不有，存在我们一生之中。摩擦、冲突、隔阂在人际关系中是难免、常有的，因为每个人的人生阅历、思想观念、思维方式、语言习惯各不相同，因此处理人际关系就成了大家最难正确把控的人生内容之一。要战胜人际关系的不确定性、矛盾性，使之达到和睦、融洽的境地，就需要大家彼此克制、谦让，需要大家彼此了解、理解、谅解、和解。而内心自我也是人最难战胜的对手之一。由情感、情绪、思想、思维、欲望、欲念等构成的内心自我无时无刻不在活动、变化，让人掌握了一时，却把控不了一世。要让内心自我处于正轨道、充满正能量，就要为自己的人生画出红线、底线，吾日三省，守身如玉。也许这些很难做到，但却是要努力去做的。要让内心自我世界有多多的天使、少少的魔鬼。人生的过程纵有千变万化，唯有心如止水，方能波澜不惊。

了解自己，把握自己

在生活中，我们有时会听到与我们相处久的人对我们说过的一句话：“你太不了解你自己了。”不会吧？我们与自己朝夕相处，分秒不离，我们的心思、我们的言说、我们的行为，都出自我们自己的心、口、手足，我们怎么不会了解自己呢？其实他人说我们“你太不了解你自己了”，也是有一定道理的。我们每个人有时还真看不清自己的优缺点，对自己个性和品质的缺陷、不足有时也难以正确对待，总认为自己永远是正确、优秀的，于是在为人处世时会只考虑自己的感觉，而不顾虑别人的感受，只关注自我的利益，而忽视他人的权益，这样既伤害了他人，同时也伤害了自己，难免造成人与人关系的紧张、矛盾和冲突。了解自己，正确把握自己，也许很难做到，但却必须努力为之。了解自己，意味着要静思、反思自己的长处和短处、优势和劣势，看清并勇于正视自己的缺点、不足。这样，在为人处世时，方能扬长避短，进退自如，少些失策、失误，多些淡定、镇定。

人生苦，苦人生

人生苦不苦？当然苦，没有人不说苦，没有人不受苦。人生有肉体之苦和精神之苦。肉体之苦，是人的生理机能受损而带来的。精神之苦，是人的心理功能受压而产生的。人生苦莫过于苦不堪言。苦到言语都难以表达，可见其苦有多大有多深。肉体之苦的极致莫过于痛不欲生，那是内在机理病变带来的剧痛而形成的，或是外在压力对肉体的极度折磨、摧残而形成的。精神之苦的极致莫过于心如刀割，那是心灵受到巨大的压制、压抑、压迫而造成的，或是心灵的极度空虚、贫乏而造成的。人生苦，苦人生，不变之定律，永恒之旋律。人生会有多少苦，要受多大苦，不必猜，也不必忧，命运之手已安排好。不妨把人生的每一次苦，都当作一次修炼，是对意志的考验、对生命的深悟，让自我经过苦之洗礼，对生、对活有更深的理解、有更好的把握。也不妨把人生的每一次苦，都化作一次推力，以苦化力来推动人生向前行，每次摆脱、超越苦，都是心智的一次解放、心力的一次释放。

人生走的弯路

有时回望人生来的路，心中不免会产生一种纠结，那就是心想之前不走那些弯路有多好，那样现实与理想就不会有那么大的落差、反差，现在一定会过得很顺、活得很好。人生其实是残酷的，它永远没有后悔的药，永远只有遗憾的痛。人生不走弯路是不可能的，也是不现实的。走弯路是人生的必然。人生的路不可能按照我们的设想、计划来按部就班，现实充满了很多的偶然性、不确定性。每个人所走的人生弯路只是有多有少而已。走弯路，不妨看作是人生的一种安排，它让我们在曲折、波折的人生中看到人生的另一面、另一景，遇到更多的人和事，重要的是让我们的心智、心力有一番刻骨铭心的考验、检验，让自我变得更成熟些、更稳重些。走了弯路，才会深知人生不如意之事十有八九，才会更懂得波澜起伏的人生比一帆风顺的人生更有内容、更有意思、更有价值，才会最珍惜那些帮助、支持过自己的好人、贵人。

应对世界的纷扰、喧闹、是非

好想蒙上双眼不再看那纷扰的世界，好想堵塞双耳不再听那喧闹的世界，好想封住双唇不再说那是是非非的世界。但这永远只是心中的想法。那纷扰、喧闹、是是非非的世界，不会因为蒙上双眼、堵塞双耳、封住双唇就远离我们而去。世界的纷扰、喧闹、是是非非，没有人能阻止得了，也没有人能改变得了，人人都只能面对、应对。世界的纷纷扰扰，让人眼花缭乱、心猿意马；世界的喧闹，让人焦躁不安、心神不宁；世界的是是非非，让人雾里看花、真假难辨。在纷扰、喧闹、是是非非的世界里，保持一份理性，保有一份清醒，是可贵的，也是必需的。有了一份理性，就不会盲目跟风、随波逐流，失去立场、主见；有了一份理性就会不卑不亢、不谄不媚，守住正直的底线，荡涤心中的浊流，闪烁高贵的人格。有了一份清醒，就不会人云亦云、亦步亦趋，而会出淤泥而不染，识得庐山真面目，就会走自己的路，看自己的景，说自己的话。尽管有时会很难，但是坚持下去，就会活出真实、自在的自己。

走的路，做的事，遇到的人

在现实中，我们总是要走很多路，做很多事，遇到很多人。

我们走过很多路，有笔直的，有弯曲的，有走捷径的，有绕道而行的。走路有错、有绕、有弯，是因为对前方的每条路况不可能都清清楚楚，只有走过，才知其路况如何。不必苛求自己每步路都顺畅，都正确。我们走路的宗旨，就是从一个始发地到达另一个目的地。只要你确立了要前往的目的地，那你就小心加大胆地往前走吧！

我们做过很多事，有些事让人一过而忘，有些事让人刻骨铭心，有些事让人品头论足，有些事让人淡淡回味。在所做的事中，我们不可能让事事都称心如意，也不可能让事事都有用、有意义。如果这样高标准、严要求，岂不是人活着很累，也不现实吗？有时一些事做得成不成，做得好不好，还得看客观、外力因素。其实做事的关键是要认真负责。只要用心用力做，每件事都会成为人生的点缀、生命的色彩。

我们遇到过很多人。有多少人你能记得？又有多少人能记得你？想必很多人已把你忘记，你亦把他们忘记。很多人只是我们生命中的匆匆过客，我们亦是他们生命中的匆匆过客。君子之交淡如水，人与人之间保持一定距离，留出一定空间，彼此就会有挂念，有聚散，彼此关系更能久远。但人生没有不散的筵席。那人生一次次的聚散，注定是我们不变的交响曲。我们每个人终究要按照各自的生活规律，沿着各自的生活轨迹，拥有各自的生活圈。尽管如此，依然期待相遇更多的人，相守更多的亲朋好友。

人生路漫漫，众人常相伴，一路不孤单，欢笑永相随。

一生路如何，全由自己定

人生几春秋，半醒半醉间，如梦如幻中。世俗看不透，事理悟不尽，人情欠不完。世俗纷纷扰，静处何其难！功名好诱惑，利欲好熏心，恩怨好缠绵，得失好纠结。谁能挡得住？谁能躲得了？心之杂念多，心之愈沉重，不非分所想，不非分所要，置身世俗中，量力才可行，用己之所能，做己之所事，得己之所益，享己之所福。花开终有谢，芳香终会尽，富贵亦有头，贫穷亦有底，做人贵自知，做事贵坚持，不求人完善，只求人平安，不求事完美，只求事顺利。一生路如何，全由自己定，忙碌是一生，清闲亦一生，有为是一生，无为亦一生。一生有三不：不悲伤自己，不委屈自己，不孤单自己。一生有三乐：享生命之乐，助他人之乐，乐自己之乐。

做个思想者，痛苦并快乐着

你的思想，我的思想，他的思想，我们每个人的思想都各具个性、各显风格。拥有自己的思想、飞翔自己的思想、彰显自己的思想，是现代人应有的品格和风范，这也是现代社会的一大发展根基和进步体现。做一个有思想者是痛苦并快乐的：痛苦是因为用自己的思想来分析现象、思考问题、做出判断、得出见解要费心费神，有时要与不同观点、理念相比较、相抗衡，有时还会因坚持自己的观点和见解受打压；快乐是因为自己的思想能自己做主，不为他人所左右，在思想之旅中能用自己的视角、思维看世界、看社会、看问题、做判断、做分析，能自主地拥有自己的世界观、人生观、价值观。一个人拥有自己的思想、飞翔自己的思想必然会释放出其生命的潜能，会因绽放出绚丽、飘香的思想之花而惊奇、喜悦。人人都拥有自己的思想、彰显自己的思想，人类的思想王国必然会异彩纷呈、硕果累累，人类社会也会因此而充满创造性、创新性。

活在今生感慨多

往事不会重来，来生不知可有，唯有今生实在。不论今生如何，生死相依相随，活着胜过一切。活得好坏与否，命运虽已安排，亦可努力向上。活出真实自己，并非人人做到，应是人人为之。人立天地之间，既渺小又可怜，匆匆来匆匆去。人处在社会中，背着传统包袱，承受现实压力。与其一声长叹，不如打起精神，脚踏实地行走。做人不贪不奢，待人待己皆善，一睡一醒皆安。做事量力顺心，事事皆实不虚，益人益己周全。一路有无鲜花，一路有无掌声，有亦可无不妨。心贵在平和顺，情贵在通人性，人贵在安与乐。

人生需要有度的欲

当一个人赚了 10 万，就会想赚 100 万；赚了 100 万，就会想赚 1000 万；赚了 1000 万，就会想赚超过千万。人的欲望总是难以把控和无止境。要不然怎么会有“欲壑难填”之词呢？人无欲望、无欲念、无欲求是不可能的，也是不现实的。人的欲望、欲念、欲求是人之本性、本能。只不过从中国传统的中庸之道来看，人的欲望、欲念、欲求应当是适当、适度的，最好能做到“清心寡欲”。欲，在一定程度上是人的向前目标和动力。有欲，就有目标，就有行动。有度的欲，让目标合理合法，让行动有理有节。纵私欲、贪私欲，都会让目标和行动失去方向、越出轨道、付出代价。如何有适当、适度的欲，并使之推动人生向前，实现人生目标呢？这就需要学会自控、懂得自省。对欲的自我控制，绝不是容易的事情。如果人人都能做到，也就不会有那么多人犯错。对欲的自控需要修身养性，画出底线，量力而为，不逾越雷池。而对欲的自我警醒，也不可或缺。对欲的自省，就是要让自己时常认识到过度的欲所带来的负面影响和效果，从而自觉地把握自我的欲的度。对欲的自控、自省的目的就是要让自己拥有适当、适度的欲来保有自我人生的目标和动力，也由此来有效、有力地发挥自身的潜能，并借助外在的力量，推动人生向前、实现人生目标。

生活的考验

人生下来，活下去，就是我们的生活全部。让生命之河流淌不息，让生命之树根深叶茂，让生命之花美丽绽放，是我们一生的努力。生命之河不会笔直向前奔流，它会曲折蜿蜒向前流动，那样它会流得更久，流得更远。生命之树不会一下长成参天大树，它需要阳光照耀、风雨洗礼，方能长得更高大、更粗壮。生命之花只有养精蓄锐，只有愿意付出，才能绽放出清香和亮丽。我们知道生活有时会很无奈，面对一些事、一些人以及自我，有时真不知如何是好。我们知道生活有时会很无助，在最需要帮助时，却得不到他人的支持；我们知道生活有时会很无力，对他人的事、对自己的事不是有劲使不上，就是无劲可使。我们的无奈、无助、无力折腾着我们柔弱的身躯，考验着我们脆弱的心灵。纵然如此，我们也应笑对生活的这一切。在我们的生命行旅不顺畅、不顺心时，最需要的是坚韧的毅力、顽强的意志、开朗的情怀、豁达的心态。这世界我们既然来了，就不要放弃对生活的每一次阅历、对生命的每一次体验。

历史的真实

有许多往事湮没在历史的长河中，成为永远消失的历史浪花。历史犹如深邃无际的蓝色苍穹，我们永远看不穿。历史就像只有谜面没有谜底的谜团，我们永远猜不准。历史承载着过去一切的一切，它永远是那么沉重、那么厚重。当我们推开历史大门，走进历史院落，见到的绝不是错落有致的布局和窗明几净的房舍，而是曲折蜿蜒的格局和布满尘埃的大大小小厢房。我们要看清历史、弄懂历史，绝不是轻轻松松、随随便便的。历史的真实总是或隐或现、若即若离，它有时清晰可见，有时却模糊不清。不论是遮蔽、掩饰历史，还是扭曲、篡改历史，历史的事实永远是客观存在的，就像钉在板子上的钉子——实实在在的。回望历史，不是寻找历史的慰藉，也不是沉浸于历史的辉煌，而是要分清历史的失误、错误，认清历史的逻辑、规律，为现实的发展规避历史的风险，为未来的前行把握正确的趋势。只有站在历史的高度，牢记历史的教训，借鉴历史的经验，才能让现实走得更踏实、更稳健，才能让未来来得更从容、更理性，这也许是国家和个人都应有的历史观吧！

活着的价值和意义

活着的价值是什么？活着的意义是什么？我有位朋友说，正因为弄不明白，所以他要努力活着，把这个问题弄明白为止。他说得蛮在理的。因弄不明白而努力、坚强地活着，直至弄明白，这是多么好的活着的理由和目标啊！的确，活着的价值和意义又有多少人能弄明白呢？即使弄明白又有多少价值和意义呢？其实活着最大的价值和意义就是活着本身。若活着都没有了，还有什么价值和意义呢？我们来到这世上只是偶然，只是路过。唯一要做的就是努力地活着、顺利地活着、开心地活着。而活得越健康、越长寿，走的路也就越多，遇到的人也就越多，看的景也就越多，见的世面也就越多，做的事情也就越多。想必这样的活着一定会是充实、丰富的，也一定会是有价值、有意义的。

教师，我们人生的第二导师

如果说父母是人生的第一导师，那么教师则是我们人生的第二导师。从幼儿园到小学、初中、高中、大学、研究生，我们的每一步成长都离不开老师的启智，而不同阶段、不同学科的老师又以各自不同的知识和方式赋予我们不同的知识结构，激发我们不同的智慧潜能。人生一路走来，因有学识不同、个性不同的教师开导、教诲，我们从朦胧走向透彻，从单纯走向成熟。不仅如此，教师更以其独特的职业，成为我们精神、心灵的医者。人生不同阶段常有烦恼、忧愁，教师常以他们的人生阅历、知识智慧帮助我们走出精神的病痛、心灵的困境。他们更是通过播撒一粒粒知识种子，让我们的心灵荒漠变成一片片精神绿洲。岁月的流逝，可以让我们不再想起、忆起老师们，但是他们的师恩、师情却已溶化在我们生命里，我们唯有铭记、感恩。

为 2017 年教师节而作

世上独一无二的自己

我们每个人都是世上独一无二的。面对喧嚣的世界、浮躁的社会、忙碌的生活，坚守自我、发展自我实属不易。现实中因太多的诱惑、太多的无奈、太多的压力，让很多人放弃了自我、失去了自我，随波逐流，得过且过。这是不可回避的现实，亦是社会之常态、人之常情，无可厚非，每个人都有权利选择自己的人生。当然在现实中亦有不少人如勇士般地直面现实的那些诱惑、无奈和压力，坚定、坚强地做好世上独一无二的自己。他们不畏世俗的眼光，不惧权势的压制，坚守做人的底线，高扬理想的旗帜。他们或结伴而行或孤独而行，虽然前行的道路不会一帆风顺，甚至布满荆棘，但是他们坚持用自己的思想思考社会、现实，坚持用自己的准则做出对社会、现实的判断，坚持用公认、共享的价值观来衡量社会、现实的是非、对错，聆听、倾诉自己的心声，坦然地面对自己所走的路。尽管会有痛苦，会有压力，却依然不改其对自我的坚守和发展，用自己的言行来确证自己是世上独一无二的，并享受世上独一无二的自己所拥有的那一片清澈的蓝天、那一缕明媚的阳光。

找机会再相聚

别离后的大家，一切都好吧！期待的相聚又总是在不舍中别离。有时会触摸记忆的鼠标，点击相聚的那时那景，很想复制别离后的挂念，但却怎么也粘贴不了那纷飞的思绪。天各一方的大家，都游走在各自的人生轨道上。匆匆的岁月、匆匆的生活，让匆匆的大家彼此淡忘，忙碌在各自的生活圈。可是大家今生的情缘只有一次也是唯一一次，若是断掉，岂不是抱憾、可惜、有悔？于是大家心底就有了一个共同心愿，就是有机会、找机会再相聚，哪怕相距遥远，哪怕岁月悠长。当阵阵寒风吹打脸颊，阵阵寒意袭来时，期待大家相聚互相温暖，用彼此的情谊点燃心中的篝火，充满阵阵暖意，让冬天不再寒冷。当春风乍暖、春意渐浓时，期待大家相聚去踏青，在绿意盎然的大自然怀抱中共同呼吸春的气息，共同感受春的快意，那是何等舒心、何等美好。当树枝蝉鸣、池中蛙声连成一片时，期待大家相聚清凉清凉，寻一处清风徐徐、凉意浓浓，把酒言欢，谈天说地，让情谊驱散酷暑带来的烦躁、烦心。当秋风扫落叶、大地一片金黄时，期待大家相聚共享秋之果。春之播种、夏之耕耘、秋之收获，在收获的季节相伴而行，到乡村看看金黄的稻田、金黄的果树，顿有收获满满之感悟，不再有秋之悲凉、秋之伤感。大家若一年四季都相约相聚，何愁人生路漫漫？

现实的难控、难料

一帆风顺、潇洒自如，常常是我们对人生之旅的美好祝愿和期待，因为现实有太多的不顺利、不自在。在现实的巨人面前，我们永远是那么柔弱、那么脆弱。现实以其不可把控、不可预测，左右、冲击着我们所做、所想。有时我们会很想办好一件事，考虑得也很周到，可是难料的现实、变化的现实，却让我们无功而返。有时我们很努力地付出，可现实却没有给予我们应有的回报。有时我们的要求并不是很高，可现实依然不给我们该有的满足。为此，我们常会埋怨现实的不公，常会责备现实的无情。可无论我们对现实有什么样的态度，现实就是现实，它永远是我行我素，按照自己的脾气行事。正是现实的不可把控、不可预测，让我们的人生充满了诸多不确定性和不稳定性，让我们的人生跌跌撞撞、磕磕碰碰、失失落落。我们的人生何尝不是从跌撞、磕碰、失落中走过来？置身在不可把控、不可预测的现实世界中，会有很多难以意料的事情发生，会有不少不顺心、不开心的事情出现，需要我们有着处变不惊的定力去应对，尽量化解事情的不利因素，降低事情的损害程度；需要我们有豁达包容的心态，不苛求事事圆满、完美，不计较事事有利、有得；需要学会退让，在退让中求得更好的进步,学会舍弃,在舍弃中拥有平和的生活。

胜利者与失败者的相对

“就差一点，如果再做好一点，就能拿第一了。”这是很多在比赛中拿了第二名的人的普遍心态。的确，第二名与第一名很多都只是微弱之差，不免让人遗憾，令人纠结。可是现实就是这样残酷的，有比赛、有竞争就有胜负之分，就有排名先后。他是第一名，就是第一名了，你是第二名，就是第二名了，也许你的实力也不错，也许你也很努力，但是却因为竞赛时差了那么一点，或主观因素所致，或客观因素所为。每个人都想做胜利者，都不愿做失败者。现实中没有人永远只做胜利者，也没有人永远只当失败者。有时是此一时是胜利者，彼一时就是失败者。其实，我们的人生更多的是经历着大大小小的失败，为此伤心过、落泪过、哀叹过、埋怨过、萎靡过、悲观过。但是我们更多的又是从失败中站起来，调整心态，振奋精神，重新出发，开始又一次的新征程。人生没有不经历失败的，没有经历失败的人生是不完整的人生。经历失败，会让我们对人生有着另一番的酸甜体验，会让我们对自身所需所求有着更清晰的再认识，会让我们更好地把握人生的有所为有所不为。只有从失败走向胜利、走向成功，才能更好地享受胜利、成功所带来的那份激动、那份喜悦，才能更加珍惜胜利、成功所给予的那份获得感、那份成就感。

彼此心中永远挂着一轮明月

月圆，如期而至；花好，如人所愿。那皎洁之月，善解人意，抛洒银光，照亮团圆之夜。那秋风带着阵阵凉意吹拂着归家人的脸庞，让人忘却了归途的劳顿。那银黄的桂花酒飘出淡淡的清香，醉了团圆人的心。那圆圆、香香的月饼，让人在酥酥、甜甜的品味中再次感受家的温馨。而未回的久居他乡的人望着明月，闻着桂花，心中不禁涌起无限的乡愁，又是一年最浓思乡情。

月缺月圆，花开花谢，人聚人散，千古不变。绵绵的乡愁，长长的挂念，永远是一头系着家中的亲人，另一头拉着远方的游子。不论相距多远、相隔多久，只要彼此心中永远挂着一轮明月，人生旅途就会永远铺洒亲情、乡情的银光。

为 2017 年中秋节而作

脚下的路，前方的路

当我们蹒跚学走路时，是多么渴望能独自站立行走。在大人的帮扶下、在自己的努力下，我们终于能独立走路了。但是我们这一走就永远在路上，直到离开的那一天。至今谁也没有细数过自己走了多少步数，走了多少里路，因为那是难以计数的，那是难以做到的。路，永远在我们的脚下；路的前方，永远有我们的目标；走路，永远是我们从一个目标奔向另一个目标，那是无止境的。脚下的路，最让人感到安全的莫过于在坚实的土地上。不论是坐飞机，还是坐轮船，我们似乎都会感到人被悬在半空中，心中不免忐忑。直到下了飞机、轮船，双脚踩在坚实的土地上，我们那似乎被掏空的心，才安心、放心。走路无数，没有不跌倒的，没有不绕弯的，没有不迷路的，没有不赶路的。走路顺不顺，既靠努力、靠准备，也靠运气、靠条件。既然路的前方有我们的目标，那我们就一心尽力向前行。路再远，路再难，只要坚持前行，定能到达目的地，定能享受胜利者的那份喜悦。

清醒者、理性者的难、累、苦

人生有很多事，不是我们想怎么样，就怎么样，也不是我们不想怎么样，就不怎么样。有些事，我们明知不想为、不可为，但它们却让你不得不为之。如不想歌功颂德，却偏要去歌功颂德；不想阿谀奉承，却偏要去阿谀奉承；不想阳奉阴违，却偏要去阳奉阴违。对此我们可以自辩为那是为压力所逼、为形势所迫。诚然如此，只要是清醒者、理性者必然为不想为、不可为之事却为之而自责、自省，希望在自责、自省中自我赎罪，减轻心灵的负重，并告诫自己，对那些不想为、不可为之事，能避之，则要全力避之，不能避之的，则要全力降低其负能量、负影响。在现实中，做个清醒者、理性者是挺难、挺累、挺苦的，因为他们对是非都有一把明尺，对人格都有一个盾牌，他们不想人云亦云，不想随波逐流，他们不愿放弃自我，不愿抛弃理想，可是现实的压力、错位乃至混乱常迫使他们做出艰难、痛苦的抉择。不论是迎难而上，还是以退为进，他们都坚守底线，守住良知，维护尊严，他们注定是为理想为信念而生的“苦行僧”。

同醉与独醒

在众人皆醉的时代，要么选择同醉，要么选择独醒。同醉，与大家都醉眼蒙眬，迷糊看世界，与大家勾肩搭背，胡侃乱喊，在同醉中彼此不分对错、不分是非，其最大的好处是不必对说错话负责，因为那是醉话，千万别当真。但是俗话说酒后吐真言，有时不当真还真不行。独醒，就是不为美酒所诱惑，不为假酒所迷惑，冷眼看醉客，冷静听醉话，只顾自斟自酌，偶尔与醉客应答应答。在醉客眼中，那独醒者是另类、不合群，懒得搭理。但独醒者却不以为然，他为自己的清醒而庆幸，为自己的明白而欣慰，当然内心也会有一种难言的痛楚，因为自己无法让更多的人也清醒。在那让人一饮而醉的环境里，有些醉客似醉非醉，因为他想合群、想入流，怕被孤立、被遗落，于是他要在同醉中入伍，求得认同，求得安慰。在众人皆醉的时代里，不论醉客，也不论独醒者，都有各自的想法、过法；谁对谁错，谁好谁坏，其答案各在自己的心里。

持着人生单程票

父母给子女买的人生票，永远是单程票。持着单程票，大家永远奔波在路上。前方的路不论好坏，都得一直向前走。越过一座山是一座山，渡过一条河是一条河，看过一片景是一片景。有时对误过的事、错过的事、做错的事，好想它不发生、不出现，总想它能被纠正、弥补。然而那些事则永远定格在人生的过去式里，只能在酸痛的回忆中去感受、去醒悟。如果没有这些事，人生该是多顺、多好啊！有时常会这样想。可是人生没有如果，也没有事事顺。该发生的事终究会发生，该出现的事终究会出现。既然永远改变不了既成之事、过往之事，永远把握不住明天之事、未来之事，那就不必太纠结往事的对错与否，不必太忧思未来的好坏与否。在没有回程只有单程的人生路上，不要背着过去的包袱，那样走得会很沉重；不要装着宏大的目标，那样走得会很辛苦；不要提着完美的理想，那样走得会很失落；需要的是脚踩厚实的土地，迈着坚实的步伐，走好每一步路；需要的是放下那自寻烦恼的纠结，放弃那不切实际的空想，放松那忙碌紧张的心态；需要的是坚守、捍卫正直、善良的理念和原则，包容、理解每个人的立场和思想，尊重、珍惜大家各自所拥有的生活和生命。

远离伤痛，拥抱美好

有时，好想将时间凝固起来，将人生定格起来，永远不长大，永远不变老，童颜依然，青春依旧。这永难成真、永不可能，可这却是心中永远的美好幻想。这幻想不为别的，只为留住人生曾经的美好，只为抚平人生曾经的伤痛。岁月沧桑，路程颠簸，见过风雨，也看到彩虹，听到和声，也闻过杂响，拥抱美好，也遭受伤痛。而一切的美好都是那么短暂、瞬间，给人的愉悦、快乐也总是那样易逝、片刻。一切的伤痛却总是那样刺灼肉体、撕裂人心，在记忆的橱窗上划出一道道或深或浅或大或小的疤痕，让人难忘却、难抚平。美好，人人渴求和向往。那瞬间、片刻的美好常常在人们等待和付出后不期而至，留给人们不舍和回味。伤痛，人人避之和远离。伤痛何来？有自我导致、他人导致、互相导致。任何伤痛无不是伤身、伤心。远离伤痛，必须学会克制、约束，必须懂得谦让、宽容。而拥抱美好，不会想有就有、想要就要，它需要耐心、恒心，需要执着、意志，需要有慈悲、善良之心。愿人人一生一世多多远离伤痛、多多拥抱美好！

人性的善与恶

人性既有善的一面，亦有恶的一面，善恶并存、并融。善压倒恶，善为主体、支柱，其言行必会善言善行，其可谓之善人；恶压抑善，恶为主宰、支配，其言行常为恶言恶行，其可谓之恶人。世上没有绝对的善人，亦没有绝对的恶人。人为善为恶，既有遗传基因使然，亦有后天环境作用。善良之家，其家人多为善。邪恶之家，其家人多为恶。人在善之环境，其言行趋于善。人在恶之环境，其言行亦趋于恶。人在多为善时，亦会偶然出恶言行，但却能给予纠正。人在多为恶时，亦会有时出善言行，但却难以持久。人为善，其视野高、心地宽，乐助人、助人乐，被人亲、受人爱。与善人处，春意融融，热情满满，无拘无束，积极向上。人为恶，其眼界低、心胸窄，目空一切，损人利己。与恶人处，天寒地冻，冰霜雪雨，度日如年，身心俱损。扬善抑恶，亲善避恶，崇善除恶，善必浩浩荡荡、高歌猛进，善心、善言、善行必充满人间、欢乐你我。

累，人的一种常态

好累，好累，那疲惫的身子往床上一扔，顿时生无可恋。同样一天 24 小时，有人却有着干不完的活、做不完的事。有人会说那是能者多劳，也有人说那是自找苦吃，那是苦命一条。这些说得不无道理。能干的人因为会做多样的事，难免会被叫去多做事。有人爱做事，闲不住，就会找事做。一些人为糊口为养家就得拼命干活。每个人在这世上的活法，虽然各不一样，但是累应当是共同的，只不过是累的原因、程度不同而已。没有人会说他活着不累。“累”，从汉字构成来看，它的上面是“田”，下面是“糸”。传统中国是农业社会，人们主要是在田地里劳作，日出而作、日落而息，整日、整年都被系在田地上，哪有不累的？也只有累，才有收获，才能生存。可见，累是人的一种常态，只要你要生存，就要做事，要做事，就要付出体力、脑力、心力，那就会身累、心累。累，是不可避免的，但太累却要避免，否则会损伤身心，会透支生命。不要过于追求那些永远带不走的东西，不要过于奢求那些永远完美不了的东西。在匆匆的人生行旅中别太累着自己，要学会劳逸结合，学会忙里偷闲，累并愉悦着。

人生舞台的前后半场

时间，总是在我们期待中显得那样悠长，却在我们不经意间飞逝。当我们缓过神来时，发现白发已赶走黑发、皱纹已印满眼角，童颜已老成，青春已退潮，身体已历经沧桑，心灵已布满伤痕。这时，叹息也罢，伤感也罢，惊醒也罢，往日的时光已带走了人生的一大半，未来的时光只留给了人生的一小半。站在那一大半与那一小半交汇点上，是不是有无限的感慨？面对那一大半，会不会慨叹自己曾浪费了诸多美好的时光，会不会遗憾自己曾经的选择造就今天的人生，会不会后悔自己未曾抓住时机，失去了不该失去的，错过了不该错过的？面对那一小半，会不会抱着无为的态度，顺其自然，该怎么过还是怎么过，不改变原有的人生轨迹，只求平稳、平安，不求大富大贵，不要大红大紫，不想大起大落，会不会怀着有为的情怀，不甘寂寞、不甘平庸，想在人生后半场中拼搏一下，扭转一下前半场的不如意、不称心、不理想，做些自己想做愿做的事情？这也许成功，也许不成功，但毕竟尝试过、努力过，用言行再次确证自己可能、可行的人生。时光带走的那半人生，我们只能回眸、回忆和回味。而余下的人生，我们必须把握住，别浪费，给予更多前行的能量和动力，朝着自己的目标坚定地走下去。纵然生活有时还会欺骗我们，还会对我们不公，但是我们依然要笑脸应对，更要善待自己、坚强自我，不要辜负每天 24 小时光阴，这是谁也骗不走、夺不走的。用心用力做好每件事，用心用情善待每个人，让人生舞台的后半场演绎得更亮丽、更出彩、更有韵味、更值得回味。

平等对待不同之见解

在现实中，我们每个人都有权利对一件事情、一种现象、一个问题做出自己的判断，提出自己的见解。对于他人的判断、见解，人们或者赞同或者反对或者保留意见，这是常见的三种反应，因为每个人的角度、认识、立场不尽相同，对其反应也就不一样。大家都可以有不同的看法，也应当允许有不同的看法，因为没有一个观点、见解可以放之四海而皆准，也不可能万古不变到永远。只有让大家独立自主地提出观点、见解，只有让大家平等自主地对待不同的观点、见解，大家才能拥有宽松的话语空间，才能拥有宽阔的思想空间，才能成为有思想、能思想、敢思想的大写的人。对大家来说，最可怕的是一言堂，独尊一术、一语，让人不敢思不敢想，让所有人的思想都活在他一人的思想世界里，这是何等的思想压榨、压迫。愿大家都能在自由的思想王国里，驰骋自己的思想，寻觅杰出的思想，获得宝贵的思想。

那一念之间做决定

我们做事常被教导要深思熟虑，要三思而行。的确，这样做可以减少做事的失误，提高做事的成功率。不过，在现实中有时我们在决定做某事时却是在一念之间确定的。那一念头是不加思索的，是突闪而过的。那一念，可想其时间之短，其速度之快。那一念之间做出的决定，是一锤定音、覆水难收的。那一念的一闪而出，好像是鬼使神差，突发奇想，刹那间改变了既有的想法、既定的目标。那一念的决定，大的可改变一生的走向，有的会让人庆幸一生，有的则让人后悔一生；小的可影响一事的结果，有的会让人满意一时，有的则让人失落一阵。其实，那一念之间做决定，永远伴随我们一路走来，带给我们一次次意外或惊喜或遗憾，让我们的人生充满多变、更加多彩。

人生诸事皆有度

做事做人都讲求一个“度”。大于、小于这个“度”，容易失分寸、存偏颇。拿人的自信来说，人若过于自信，就容易狂妄自大，目中无人，唯我独尊；人若太不自信，就容易唯唯诺诺，自卑自弃，无个性无主张。人的自信应当来自于对自我的正确评估和对环境的正确评判，认清自己的知识架构、能力大小、个性强弱、兴趣偏好等，认清自己所处环境的人际关系、现实氛围、活动空间等，在此基础上对自我有着正确的角色定位和现实把控，知道自己所能所不能、可为可不为。这样，人就会充满一种理性、平和的自信，为人处世不卑不亢，有原则有底线，有热情有诚心；对工作对事业踏实有为，不惧难不贪大，不求尽善尽善，只求尽心尽责。在现实中，讲求“度”，有时看似呆板、保守，但是因为有“度”，才能在中规中矩、合理合情中行得远、行得久。有人会说讲求“度”不利于开拓、创新，其实开拓、创新是对大于或小于“度”的一种纠正、改进和突破，是对旧“度”的破除、新“度”的确立。人生有诸事，事事有其“度”，合其“度”顺其“度”，事事皆可通达，没有最好亦有更好。

过自己喜欢的生活

过自己喜欢的生活，永远是我们追求的生活目标。过自己喜欢的生活，就是让生活能顺心、合意，能快乐自我、实现自我。过自己喜欢的生活，有多少人能真正做到呢?又有多少人能确切、肯定地说自己现在过的生活就是自己喜欢的生活呢?生活就是为谋生而活。生存下去，是我们的第一选择。也因此，我们首选的生活方式必然是能够糊口养家的生活方式，即使这种生活方式不是自己所能决定、所能选择的，甚至还会不称心、不如意、不快乐，但只要不影响底线、有利于生存，往往会是隐忍前行，安分守己，终老一生。也许有人认为这样的生活就是自己喜欢的生活。这亦是无可厚非的。每个人都有权利选择自己的生活方式。其实，过自己喜欢的生活，是人从物质层面向精神层面的一种转化，是人从满足物质需求向拥有更高精神需求的一次跨越。过自己喜欢的生活，一定会是人生的一次重大抉择，因为它意味着人们对过去旧有生活的诀别，对过去心灵压抑的超脱；意味着一种全新的生活方式将考验着人们的心态、心智、心力。过自己喜欢的生活，必然会有所舍弃，也必然要有付出。过自己喜欢的生活，需要勇气、智慧，也需要运气、机遇。过自己喜欢的生活，活出真实的自我、快乐的自我。过自己喜欢的生活，我们不妨努力准备，等待机会，也许会如愿以偿，也许只能望洋兴叹。人生就在这也许中悄然度过。

追　梦

人生有梦，方能行远，因为有梦，才有追求，梦乃动力、目标。梦多梦少，可不必在乎；梦大梦小，可不必细分；梦能实现，就是好梦。梦再宏大、再美好，若不能实现，永远是空中楼阁，永远是画饼充饥。人人都有自己的梦，都在自己梦里寄托希望和理想，都渴望梦想成真。虽然人人都是追梦者，但并不是个个都能美梦成真。美梦成真，靠追梦者求实、务实、踏实，让自己的梦能切入实际、符合现实，既高远又可企及，当然也靠天时地利人和。有些追梦者也许太过理想、太过浪漫，忽略现实的多变、残酷，让自己的梦变得虚幻、缥缈，最终难以企及。人生有诸多梦，有些梦一闪而过，不留踪影；有些梦只是想想，知难而退；有些梦奋而追之，却失之交臂；有些梦孜孜以求，终如愿以偿。不论梦实现与否，只要心未老、情未枯，就会执着追梦。愿大家好梦常相随，美梦皆成真！

教育的目的是什么

人从小到大总是要受到各种各样的教育，其中学校教育占据人生最黄金的时间。学校教育是制度性安排的教育，是促进人们成长的制度性保证。关于教育，从古至今有着数不尽的论述，大家是仁者见仁，智者见智。关于教育，首先要思考的是，教育的目的是什么？教育的目的应当是培养有独立人格的人，培养会独立思考的人，培养能独立自主的人，而不是培养唯命是从的人，也不是培养人云亦云的人，更不是培养奴颜婢膝的人。一个教育制度只有从人的本质、本体、本性出发，它所设计的教育模式和方法，才会推动一个人从小写到大写，从不知、无知到能知、会知，从弱心智、弱素质、弱能力到强心智、强素质、强能力，从目光浅显、见识短浅到视野开阔、目标高远，从依赖、依附到自立、自强，从模仿、跟从到创造、创新。好的教育制度是让传授者与学习者互尊互动，和谐共鸣，是让传授者有激情有热情地传经送宝，是让学习者充满强烈的好奇心和求知欲。好的教育制度造就好的学校教育和教育环境；好的学校教育为个人成长打下良好的知识和思想基础，为国家发展培养更多的栋梁之材、有用之人；好的教育环境让家庭放心、安心，让社会稳定、和谐。给予每个公民以公平的教育、人性的教育、向上的教育，是政府的责任，也是公民的权利。只有人人享受公平、人性、向上的教育，社会、国家才是健康、文明的，才会进步、发展。

守好自己的田，耕好自己的地

我们永远不知道哪一天天使会把我们带往天国，但我们知道终有一天我们会从“有”变为“无”。那时，对世间来说，只不过是少了一个匆匆的过客。可是对我们来说，我们却是用心用力用情走了好长的一段路，苦乐相伴，历经几多风雨，付出多少努力。我们总希望能一直走下去，也希望亲人挚友能一起走下去。然而时间与人体之定律否决了我们的希望。我们不得不面对人生的生离死别，不得不思考如何更好地活着，让人生的下半场直至最后一公里能走得从容、坦然、顺利。相信很多人一定会说顺其自然吧，该来的总会来，何必胆战心惊地度日？说得也对。我们人生每一步路其实都是走一步算一步。明天会发生什么，我们很难预知；明天会遇到什么，我们也很难把控。人算永远不如天算。我们只能脚踏实地走每一步路，让每一步路都走得实在、自在。而该走什么样的路，该走多远的路，每个人都有各自的命运，不必攀比，也不必计较。每个人都有自己独一无二的一分田一分地。只要守好自己的田，耕好自己的地，播好自己的种子，收好自己的果实，此生就足矣。当然有时间有余力，亦可帮帮那些无助无力的人，行善举，做善事，人生不亦乐乎？不论我们今生今世如何，都是为了迎接人生落幕的那一刻。真希望在那一刻，能在回忆青春、回味美好中，由天使带着去天国，让人生画上圆满的句号。真希望活在当下的我们能置生死于度外，看淡风起云涌、花开花落，笑迎清晨曙光、黄昏余晖，过好每一天，善待每一人，对得起自己，让自己此生此行没白来、不虚度。

做自己命运的主人

做自己命运的主人，是我们一生的努力。我们面对的生存环境千变万化、不可掌控。各种矛盾、各种压力常常咄咄逼人，让人身不由己。为生存、为生活，我们妥协过，退让过。有时也为五斗米而折腰，这亦是人生的一种无奈。因为我们不是神仙、圣人，何况大丈夫能屈能伸。尽管我们不能完全掌控自己的命运，但是我们却能够让自己明辨是非、好坏、对错，分清真假、善恶、美丑；可以让自己守有一份良知，拥有一份善心，握有一份正直。这样，可在人生的路上，路见不平吼一吼；扶贫穷济弱势，向美好促和谐；不损人不害人，不贪婪不奢求；走得正行得端，睡得实吃得香；修身心养性情，积善德聚人气。做到这些，我们的命运何愁不是完美的！

说话是人之本能和权利

今天你说话了吗？怎么会问这个问题，这不是废话吗？我怎么没有说话？我每天都说话。不说话，不就成了哑巴？今天你自由地说话了吗？怎么不自由说话？我跟周围的人都很自由地说话。我若不自由说话，我不就成了犯人了吗？今天你自由地说了真话吗？这怎么说呢？说不说真话跟你有什么关系？难道你要检查、控制、阻止我说真话？难道说真话有什么风险，有什么危险？难道说真话会犯什么罪，会犯什么法？是啊！说话是人之本能和权利，没有人有权力去剥夺他人说话的权利，也没有人有权力去威胁他人不许说心里话、说真实话。但是现实却不尽然。我们说话的情形、说话的对象常常决定着我们能否自由地说话、说真话，这是由我们自身做出的判断和决断。而另一种却是客观、外在压力（比如威权、强权）迫使我们不能、不敢、不愿自由地说话，自由地说真话，搞得人人自危，甚至互害，那是何等的压抑和残忍。当我们都不能自由地说话，不能自由地说真话，这样的日子会是怎样的日子？想必大家都喜欢生活在畅所欲言、言无不尽的宽松、宽容的环境里。只有大家彼此都能自由地表达内心的想法，才能增进彼此的了解，才能和谐共处。整个社会、整个国家，其公民、国民对公共事务、国家事务都能自由地表达看法，说出真实的看法，提出真诚、切实的建议，那社会、国家就会因其是人人的社会、人人的国家而凝心聚力向前发展。

化解压力，战胜脆弱

人总是有伤心的时候，有落泪的时候，那是悲到极致，痛到极致，哀到极致。我们总希望人生的一切都顺顺利利、平平安安。可难料、难控的现实常常会以偶然、突然的状态干扰我们的期待，让我们从希望的顶峰跌落至失望乃至绝望的谷底。生命有时不能承受压力之重，也不能托起脆弱之轻。不免感叹生之艰，悲叹活之累。雨过天晴，风过浪平。再大狂风、再久暴雨都有平息的时候，再大的苦、再久的难都有挨过去的时候。只不过这个过程需要用时间去等待，需要用耐心去坚持，需要用意志去克服。直面我们人生的压力，学会化压力为动力，让前行的每道坎都变成为助推向前跑的蹬踏板，使自己更用劲向选择的目标勇往直前；直面我们人生的脆弱，学会战胜脆弱，让自己坚强起来，不要向脆弱一味迁就、退让，那样很难自立自强，要明白在这世上最后能帮助自己的人只有自己。

战胜不安

有时偶尔会想想人生这一趟来得是对还是错，又想想不论对错与否，来已是既成事实，别无二路可退。那就既来之，则安之吧！说易，做难。能安之吗？又如何安之？其实，不安才是永恒，才是常态，因为一切的存在、存在的一切都有矛盾、有冲突、有意外、有不稳定、有不可控。克服不安、战胜不安永远在路上。人生若安之，实属不易。那些看不见的手，有时按按头，让人俯首听命；有时挠挠痒，让人哭笑不得；有时推推背，让人猝不及防；有时拉拉手，让人无所适从；有时打打脸，让人尴尬万分；有时捶捶胸，让人疼痛不已；有时拖拖腿，让人举步维艰。那不由自主的外在压力，有时忍忍尚可熬过去，可有时内心涌起的那莫名的焦虑、烦躁、忧愁却折磨、撕裂着心灵。有时不是不坚强，而是不知如何坚强，人性的脆弱阻止了站起来的勇气，错过了强大自我的机会。常常是觉醒过来，发现为时已晚。想要重新来过，时光不许，机会不在，力气不足。无数的惋惜追不回那飘向天空的断线风筝。前方的路，不论是长还是短，不论是好走还是难走，要做、能做的就是对自己好些、再好些，不要太委屈自己，不要太为难自己，昂首挺胸、坚定有力地走出大写的自我、自由的自我、快乐的自我。

每个人去的过程

人生折腾与不折腾，人生一帆风顺与颠簸坎坷，人生平安健康与受苦多病，这些并不是人人能自主选择的，这些有时可相互转化，不是一成不变的。在人生之旅，每个人各有不同，不必整齐划一，也不必细分好坏，每个人其结局都是要回到天国去，只不过每个人去的过程千差万别而已，只要在去的过程中自己感觉行就行了。其实在去的过程中有不同的经历和遭遇，有不同的机遇和挑战，也是很好的。当老了，走不动了，回想这一路走来，那风风雨雨，那曲曲折折，那苦苦乐乐，那悲悲喜喜，那酸酸甜甜，不是蛮有意思、蛮值得回味吗？

相聚，让我们确证在路上

我知道，每次相聚，大家分手的时光终将要来，相聚再长的日子亦是短暂的。每次相聚总是在漫长的等待中到来，每次别离又总是在不知不觉中就到了说声再见、保重的时刻。握握手，挥挥手，目送大家远去的背影，不免有一种淡淡的惆怅，总是担忧每次的别离会不会成为永远的离别，因为大家彼此转过身，朝着各自的目标而去时，永远不知下次何时何地能再相聚。有多少亲人友人熟人同学同人自从别离后，或天涯海角，或近在咫尺，各忙各的生活，直到天荒地老也永不再见。大家彼此间有的慢慢忘却，有的偶尔忆起，有的深深挂念，有的互通信息。我知道人生没有不散的筵席，但我也知道人生何处不相逢，而我更希望人生时时常相聚。在相聚中只想听听大家互相的问候声，互道过得好吗；只想看看大家都平平安安、健健康康；只想大家在一起说说笑笑、开开心心，共同放飞心情，共度美好时光。相聚，让我们确证在路上，不再独行，彼此珍惜。

对自我生命负责

你是世界的唯一，我亦是世界的唯一。你不可也不能复制我，我亦不可也不能复制你。没有任何东西能阻挡你我成为不一样的你我，也没有任何东西能强制你我变为一样的你我。你就是你，我就是我。你走你的阳关道，我不会嫉妒，也不会羡慕，只会敬重。我过我的独木桥，你不要轻蔑，也不要叹息，只要尊重。在广袤天地间，你我是那样渺小，当狂风横扫时，你我会飘落得无影无踪；当大雨滂沱时，你我会淋湿得无声无息。在苍茫人海中，你我是那样不显眼，走在人群中，你我无人知无人晓。在社会中，你我只是为谋生而拼命的小草。但无论如何，你我永远是对自我生命负责的唯一的人。成就自由的自我、快乐的自我，没有任何救星，也没有任何捷径。唯有对自由的信仰，对快乐的追求，方能迈着坚实的步伐向既定的目标前行。实现了，那就尽情享受胜利的喜悦吧；若实现不了，那就好好品尝生命中曾有过的激情、激动，也许这也是另一番的人生景致吧。

人生的愿景与现实

好想有一天，我可以抛弃任何的社会角色，即使一无所有，只存有我的身体和我的灵魂，我也不怨天尤人，更不唉声叹气，我会背着行囊，装着满足，独自浪迹天涯，游走四方。择一静处，以天为被，以地为床，与花鸟为伴，听风观雨，看星赏月。有时登上高山之巅，任凭大风扑面而来，满眼尽是翠绿的绵绵群山，升起那一览众山小的豪情；有时驻足大海之边，任凭浪花拍打腿脚，远望海天一色、碧波万顷的茫茫大海，涌起那海阔天高任鸟飞的壮志。远离世态炎凉，放弃尘俗欲求，做个逍遥的自由人，那是何等优哉乐哉。没有了世俗重荷，就能身轻如燕行走人生；没有了世俗羁绊，就能心静如水透彻自我。我知道人生的愿景与人生的现实总是存在落差，要实现这种无拘无束、放松放开的人生，唯有继续努力前行。

三分看淡三分敬畏十分珍惜

说不完的生死，话不完的苦乐，道不完的酸甜，谈不完的恩怨，讲不完的爱恨，议不完的是非，论不完的对错。人生就是那没完没了的事和情。有多少事环绕身边，让人欲罢不能；有多少情缠绵心中，让人纠结万分。有多少事与愿违，让人扼腕叹息，抱憾一生；有多少情断江湖，让人伤心落泪，悔恨一辈。而世间任何事与情在死神面前都不算事与情。天大的事与情莫过于生死一瞬间。生之偶然，死之必然。每个人来到这世上纯属偶然，因为没有人预见、确定自己会降临这世上。每个人离开这世上是必然之事，那是自然和人类之铁律。既然有生有死、生死轮回是每个人之必然，那就对天下之事，三分看淡、三分敬畏、十分珍惜，看淡那些费心劳神、伤筋动骨之事，敬畏那些和谐自然、和睦社会之事，珍惜那些恩重自己、行善他人之事。

平安活着是最好

每到岁末，最高兴的应是小孩，他们为自己又长一岁而高兴，最伤感的应是老人，他们为自己又老一岁而伤感，最揪心的应是无钱者，他们不知来年是否有钱来，最焦急的应是创业者，他们不知新年能否有新气象。每个人在岁末或多或少都会盘点一下这一年来得到什么，失去什么，也都会暗自告诫自己争取明年努力一下，来弥补今年的不足和缺憾。人们总是在岁末对来年寄予希望，希望一年更比一年好。而在希望一切更好之中，平安活着是最好。人在，一切在；人没，一切没。到岁末，大家最值得庆幸和欣慰的是彼此还能互相问候、互相走动。其实，平安活着是对自己人生的一种负责，让自己在有限的人生中做更多的事情，寻找、发现和实现自己更多的价值，获得更多的生命体验和感动；平安活着也是对亲人友人的一种负责，让亲人友人少为自己操心、担忧，给亲人友人更多相伴的美好时光。人生无论走什么样的路，唯有平安活着才最值得拥有和珍惜。

把握当下岁月

岁月催人老，谁也挡不住。留得住片刻记忆，留不住匆匆岁月。跨入新年，只是人生岁月的年轮又多了一圈。天，还是那个天；地，还是那个地；我，还是那个我；你，还是那个你。世俗以一年365天来规范人们的行为，以年年轮回让人在希望、等待中一路前行。走过的岁月，永远画上句号，曾经的一切，不论对错、不论好坏，都成往事。只有记忆，才留存点点滴滴的印迹；只有回味，才悲伤世上没有后悔药；只有思索，才痛悟种瓜得瓜，种豆得豆。未来的岁月，永远充满未知数，明天会发生什么？明天究竟会怎样？不到明天不可知；未来想得再美、再好，那只是对未来的期许；未来只能步步为营，防患未然，该来的终将会来，该是什么样的终将会是什么样。走过的岁月不可追回，未来的岁月很难随心，那就把握当下的岁月，不要让它轻易飘然而去，牢牢撑起今天的船，小心、平稳地行驶在岁月长河中，去打捞所思所想，去收获努力、勤劳之果。

防不胜防之事

在生活中你不想惹事、惹人，可有事、有人却不请自来地惹你、烦你；有时你千方百计躲着那人、那事，可那人、那事却神不知鬼不觉地找到你、扰乱你。生活中这些让人防不胜防之事之人会令人无奈、无语。对此，埋怨也罢，讨厌也罢，都得面对、应对，那就坚持原则，守住底线，该一笑而过就一笑而过，该费心周旋就费心周旋，让冲突、矛盾化解在和风细雨中，让心情、心态保持在风和日丽中。

经营好自己的世界

我们每个人都拥有任何人都不可替代的世界，都有着属于自己的独一无二的世界。无论你我的世界是否精彩、是否亮丽、是否苦涩、是否酸涩，那都是你我各用自己的思想、情感、言语、行为构筑的世界，都是你我各自人生阅历构成的世界。我们不必较真彼此的世界，也不可排斥彼此的世界，更不要看轻彼此的世界。每个人的世界都有自己存在的理由和空间，都有自己的特色和优势。对于自我世界，我们不妨多追求自我的本真、自我的独立、自我的完善，让自我世界与他人世界更好地并存相处；对于他人世界，我们不妨抱着欣赏的眼光和心态，发现他的世界所拥有的独特美景，并分享这一美景所产生的美感，这亦是对自我世界的丰富。在色彩斑斓的大千世界里，我们不可能穷尽一切、享受一切，但我们可以去用心经营好自己的世界，让自己的情感更加舒畅，让自己的思想更加奔放，让自己的言语更能畅所欲言，让自己的行为更能自由自主。愿人间真情真爱洒满你我的世界！

让那一天来得无怨无悔

人生终有生命定格的那一天，这是每个人的必然。纵有千般情不甘，万般意不愿，也难阻挡那一天的到来。从今天到那一天，什么时候来，要多长时间，无法推测，无法确知。每个人的那一天永远不尽相同。对那一天，我不会傻傻地等,也不会怕怕地想,我会让那一天尽量迟迟地来。走向那一天，不论行程有多远，我都会用心用力走好脚下的每一步路，因为每一步路都是不可重复、不可返回的；一步错，就会步步错。同时我会尽量放慢脚步，走走停停，停停走走，为的是更从容地多看看一路风景，也更自在地与亲人友人相伴共度那易逝的时光。当那一天真的来了，我想我会平和地面对离开，因为那是谁也改变不了的，也是所有人都将面对的。我不会后悔这一趟的选择，因为我不曾带来任何东西，也不带走任何东西，但却有机会感受和体验人间的冷暖、苦乐、酸甜，留下了自己生命的印迹；我会感谢给予我生命以温暖、温情、温馨的所有相遇相伴的人，是你们让我的人生有依靠有力量；我会忘却一切的坏，怀着一切的好，祝福爱我和我爱的人。希望我们积聚起一个个美好的今天，让那一天来得无怨无悔。

期待慢慢老去

有一天，我们变老了，满脸被皱纹侵入，满头被银发侵占，说话也迟缓轻声，走路也蹒跚向前，但我们仍然还有年轻人的心态，到那时我们一定要恭喜自己，因为我们的人生终于有了夕阳无限好的晚年，我们的人生终于经历了春夏秋冬的完整历程。也许那一路走来，并不顺风顺水，有时还跌跌撞撞，但却让我们感受了幼年的单纯、天真，少年的活泼、好动，青年的幻想、冲劲，中年的沉稳、老练，老年的安详、平和。变老了，那是对我们人生的一大奖励，因为在那变老的过程中，我们才有机会遇到更多的人，看更多的景，走更多的路，做更多的事；我们才有机会经历不同的年代，过着多样的生活，让人生阅历变得丰富起来，让人生回忆充满更多滋味。我们期待变老，更期待慢慢老去，让我们的生命之河流淌得更悠长、更壮阔！

没有去看你，我心中永远的痛

在苍茫无垠的大地上，在千年时光的长河中，你从你的世界走出来，我从我的世界走出去，你我走啊走，不期而遇在匆匆的人生路上，发现原来世界上还有你我的存在，从此你知道了我，我认识了你。你我的身影永远倒映在彼此人生的池塘里，当记忆微风吹起，你的背影常会摇曳在我的人生池塘中，让我怀旧、怀念。记得那天分别时，我答应会再去看看你，可是我却失言了，至今未去见你，也许今后也难去见你。我纵有千万个不去看你的理由，那也改变不了没去看你的现实。也许你还记得我的答应，或者已忘却；也许你还一直等着我的到来，或者已放弃。可对我来说，没有去看你，成为我心中永远的痛，那是对我不守诺言的惩罚。不论昨天怎样，也不论明天如何，今天我都将默默祈祷你的人生路顺心如意，我会深深记得你我相遇相识，那永远是人生的奇迹和美好，那也是今生今世仅一回，我会好好珍藏、好好珍惜。

一辈子的操心、关心

每个人，在现实中，都有一个相同的角色，即父母的孩子。人，来到这世上，都是父母带来的，而离开这世上，却是自己一人独往的。父母给予我们血肉之躯，同时也给予我们精神之魂。父母牵着我们的手，我们小手变大手；我们拉着父母的手，父母大手变粗手。我们长大，父母变老，人之定律。若我们不长大，父母不变老，人生永远定格在快乐无忧的孩童时代，那有多好！那样我们在父母的眼中和心里永远都是可爱的小宝贝，父母在我们的眼中和心里永远都是那么年轻有为。可惜时光不会倒流，也不会凝固。我们长大了，成家了，也做了孩子的父母，这时才真切感受父母为我们成长所操心、所操劳的付出，才真正明白什么是“可怜天下父母心”。我们想感恩、报答父母，可很多父母常说，你们不要管我们老两口，只要你们一家人过得好就可以了。父母对子女的操心、关心是一辈子的。而我们无论距离父母有多远，不让父母操心、忧心，让父母放心、舒心，就是对父母的最大感恩和报答。终有一天，我们会握不住父母苍老的双手，父母也拉不住我们有力的双手，无论何种原因，那一定是父母太累、太辛苦了，他们要到有诗有花的远方去好好休息。到那时，我们就祈祷、祝福父母一生中的最后一次远行，并将对父母的感恩、思念留存在心底。今生永感父母恩，来生再续子女情。

向善行善，为人不可缺

向善、行善，乃为人之善。用一己之力解他人之困，献今生之爱，留百年之誉。人人都有困难之时，都有需他人帮助之日，此时若有人雪中送炭，解燃眉之急，那将是不幸中的万幸，那将令人不胜感激。向善、行善，不是外力所加，不是图个虚名，而是发自人的内心，是人的悲悯心地，自然而为，是人的博爱情怀，自然而致。善有大善、有小善。行大善惠及大众，行小善恩泽小众。行大善积大德，行小善积小德。无论行大善还是行小善，都体现一种无私的仁爱境界，都值得人们尊重和礼赞。行善，让自我得到心灵的愉悦和升华，让他人感受人间有温暖、有真情。

国度、家庭、故乡、文化、年代

一生中有些东西是自己永远选择不了的：出生的国度，我们不能选择；出身的家庭，我们不能选择；生长的故乡，我们不能选择；传承的文化，我们不能选择；生活的年代，我们不能选择。正因为这些不能选择，我们就必须面对、正视我们的国度、我们的家庭、我们的故乡、我们的文化、我们的年代。国度，让我们在世界上有了一种民族身份的确证。家庭，让我们在漂泊的人生中有个停靠的港湾。故乡，让我们不论走得再远、再久都有着难以割舍的乡愁。文化，让我们在思想、情感、言语、行动上都有着族群的烙印。年代，让我们的生活有着难以逾越的时空。对国度，我们要忠诚国之土、国之民，国之土是我们安身立命之所，国之民是我们生存生活之依靠。对家庭，我们要关心、爱护家人，有家，才让我们的人生踏实、安心。对故乡，我们要记住自己的人生出发地，让乡愁滋养我们的精神田园。对文化，我们要传承，更要创新，怀着海纳百川的精神，用先进的思想理念提升我们的情商、智商。对年代，我们要识时务，顺潮流，跟上时代前进的步伐，感受、享受时代之发展及果实。

游子的远方故乡

为谋生、为工作、为婚姻、为爱情、为理想、为追求，有多少人离乡背井，浪迹天涯，落脚异乡或异域。从离开生于斯长于斯的故土那天起，又有多少人能落叶归根，再居故里。很多游子自从离开故土那天起，就很少回去过，有回去，也是匆匆而来匆匆而去，而很多游子却再也没有回去过。远走他乡的游子们已把他乡当家乡，把故乡当他乡，把陌生地变成了熟悉地，从异乡人变成了同乡人。故乡的背影渐行渐远，故乡的乡音越讲越淡。但是走得再远，走得再久，故乡的亲友、山水、房舍、树木就像一枚枚印章印刻在心里，是永远抹不掉的，是魂牵梦萦的乡愁。那远方的故乡，在每个游子的心中，是自我精神的寄托，是意识深处的圣地。假如有机会，离乡的游子一定要回到那久别的故乡。也许故乡已变得让你不认识，但是故乡依然会留下唤起你记忆的东西，也许那是一棵百年参天大树，你曾在那树下纳凉、嬉戏过，也许那是一条依然流淌的小河，你曾在那条河里游过泳、抓过鱼……回到故乡，不为别的，只是要再次深深呼吸一下故乡的空气，只是要再次仰望故乡的蓝天，只是要再次看看久别的亲友，只是要再次听听久违的乡音。让故乡的清风白云，抚慰游子漂泊的心灵；让故乡的乡音乡情，温暖游子孤寂的心境。故乡，请你紧紧拉住我们游子的心，别让我们像断线的风筝，再也找不到回家的路。

走出那人生荒野

人生并不是处处有青山绿水，有莺歌燕舞。偶尔会独自落在荒野上，那时举目无亲，放眼四周，前不着村，后不着店，心中一片茫然，不知前方的路在哪里，此时多想有人相伴，多想有人指点迷津。不过，置身在荒野上亦是人生的一种机遇。在那荒野上，有机会好好感受一下一个人孤单无助的心情，也有机会好好考验一下自己的意志力、忍耐力有多大，也有机会让自己好好认识一下人生的另一面，即自己的无能、无力。而要走出那荒野，最终靠的还是自己的意志和力量。走出荒野，回归正常，回头再看看，再想想，定会感慨人生与人相伴、有人相助真好，定会悟到人生相信自己、依靠自己很重要。

别让一生匆匆而过

我知道我的力量很微弱，改变不了那一切。那一切虽然很强大、很强势，它能控制所有、左右所有，但是它却难以拿走我的思想和抢走我的思维。我坚持用我的眼睛，看我所看；我坚持用我的耳朵，听我所听；我坚持用我的嘴巴，言我所言；我坚持用我的头脑，思我所思。我知道我不会成为现实的巨人，但我会努力成为自己人生的巨人。在现实中，我会步履维艰，会踌躇不前，会犹豫徘徊，但是我也会果敢向前，也会义无反顾，也会坚定步伐。生存在这地球上，生活在这世界中，我们每个人都有自己的活法，也都活得不容易。世俗的诱惑，现实的压力，内心的欲念，有时会让自我迷失，失去自我本真，甚至握不住自己的命运，苟活在他人的阴影下。一生匆匆而过，那就别让自己白来一趟，白跑一回。无论人生路有多长要走，也无论前行易和难，都要坚守住自我之本真之品质之人格，挺起胸，昂起头，迈大步，让自尊自强紧相随，走出自己的气势，走向自己的愿景。

人脸的密码

俗话说树靠一张皮，人靠一张脸，树要皮，人要脸。人的脸由五官构成，却因构成的比例千差万别，而使得每个人的脸也千差万别。人的脸只有相似，没有相同。人的脸是人的标识，是人的面子，是人的形象。对一个人的判断，常说要察言观色，这里的色就是人的脸色，从人的脸色变化推断出他的内在想法和情绪状态。人的脸到人的心虽然近在咫尺，却是深不可测。谁能说他能从他人的脸色读懂他人的心思？想必没有一个人会说。人的脸部表情虽然是情感、情绪的反映，即喜怒哀乐尽显脸上（“喜形于色”），但是，从人的脸通往人的内心世界还是深如谷底。人在那张薄薄的脸皮里藏着无数的私密和不尽的心思，没有人会一览无遗地流露出来，也没有人会费尽心机地去猜测，因为那是不必要的，也是不可能的。每个人对自己的脸，无论长得怎么样，都认为是最好看的。爱护、看重自己的脸，是每个人的自然之本性；尊重、不伤他人的脸，是每个人的为人之道德。世上最美好的东西之一就是人的笑脸。笑脸是人的真情的一种流露，是人对生命舒展的一种表现。

大家天天都绽放出美丽如花的笑脸，大家也天天都迎来美丽如花的笑脸，那大家一定天天都拥有美好、快乐的心情。愿大家笑口常开，笑脸永远！

维护尊严，捍卫权利

我们平凡，但我们不卑微。社会角色之不同，不可成为划分尊贵和卑贱之理由和根据。人人都有活着的尊严和生活的权利。保证人人平等、保障人人权利，是社会之健康、国家之正常的体现和标志。维护自己的尊严、捍卫自己的权利，应是我们执着的理念和一生的践行。我们沉默，但我们不迷糊。历经岁月沧桑，我们变得稳重；经历世态炎凉，我们变得成熟。面对外在的压制、压力，我们对有些事、有些人会选择沉默的态度，但这并不意味我们心中的迷糊，我们心中自有一杆秤，孰是孰非，清清楚楚，明明白白。有时沉默是一种处事的策略，有时沉默是一种无声的抗议，当然也会在沉默中爆发或者沉沦。而与其沉沦不如爆发，因为沉沦其最终结局都是对自我的泯灭，爆发则有可能寻求突破，让自我更好地存活。尽管我们前行的路会有这样那样的困境、困惑，但我们依然要坚定自己的信念、理念，不求最好的选择，只求更好的抉择。

与你相遇，我的福缘

好久好久都没有听到你的声音，不知远方的你是否一切安好。我总期待与你再次相聚的日子，也许某一天我们会不期而遇，那将是我们人生的又一次惊喜。遥想过往的日子，你我曾为一个是是而非的问题争论不休，也曾为一件共同兴趣的事情一起用心去做。与你相处的日子，好像就在昨日，不曾走远。你那开朗开怀的笑声，如春风，曾吹散我心中的郁闷；你那有力有理的话语，如利刃，曾解开我心中的纠结。真的谢谢你，是你让我懂得相处是一门艺术，彼此要学会妥协、谦让、包容；是你让我明白人心虽不同，将心比心很重要，心心相印方能融洽、和睦；是你让我体悟当人孤单无助时有人相帮相助，真好，那是甘露，那是及时雨。与你相遇，那是我的福缘。向你说声保重，不论你在哪里，我都深深祝福你。

人生路上放松自我

我们来自母体，终归尘土。只有极少数人会流芳百世或遗臭万年。绝大多数人都将被世人所彻底忘却，如一缕青烟飘向天空，无踪无影。不过，这世界，我们既然来了，就要好好走一回，不要在意哪一天会离开，也不要在乎世人记住与否。要走好，需天时，需地利，需人和，更要靠自己。走什么样的路，如何走，走多远，其最终决定权还是在自己的。自己的路，当然要自己走。而这一路走着，最重要的是要对得起自己。别让工作和生活忙坏了自己的身体，别让功名和利禄污染了自己的心态。人生行程就那么短暂。千万不要左手提着沉重的名、右手拉着厚重的利、背上背着繁重的工作、怀中抱着太重的生活，那样会累垮自己，那时没有人能帮得上，一切得自己一人承受。有时，当我们明白过来时，发现人生已走了大半程，好想追回那浪费了的时光，好想重回起点再来过。亡羊补牢未为晚。不论还有多少路程，都立足当下，调整心态，想开一切，放开一切，让自我空灵、飘逸起来，自由、快乐地行走在苍茫的大地上，拥抱日出日落，笑迎花开花谢，享受生活，感谢生命。

挂念远方的你

我陪不了你到地老天荒，你也陪不了我到天长地久。不是你不想陪我，也不是我不想陪你，只因为你我各有人生的归途。虽然你不能一直握住我的手，陪我一路走下去，但我会感念你在我心灵的田园里种下的那棵爱的大树，它带给了我人生的绿荫和绿意，为我遮挡住人生的烈日和狂风，让我心田永存一股爱的暖流。虽然我不能一直拉住你的手，陪你一路走下去，但是你会有个在远方永远挂念你、祝福你的我，我心会随你到远方，让你不孤寂、不落寞。没有你陪伴的日子，我会时常想着与你相伴的美好时光；你那淡然的微笑，你那平和的话语，永远留存在我心田；我永远念着你的好、你的爱、你的情。没有我陪伴的日子，请你多多珍重自己，别太累，别太忙，唯有健康，才能行走得更远，才能享受得更多。

让明天不失望

也许明天会很美好，也许明天会很糟糕，无论明天怎么样，自己都得面对，都得迎接。明天总是让人期待，也总是让人忐忑。有时常把希望寄托在明天，总认为明天会实现的，会一切都好的，可明天却让人失望，甚至是绝望。这错在哪里？错在今天的等待和幻想，要知道明天的一切取决于今天的一切，同时明天还依然存在未知和变数。明天，永远是从今天走来，今天的因决定明天的果。个人的发展乃至社会的发展、国家的发展，都不能以今天的等待、今天的幻想来求得明天的实现、明天的圆满。也许道理都知道，可有时却知行难合一，或因主观欠努力，或因客观有局限，或二者兼而有之。其实这关键还是需要信心和毅力。罗马不是一日建成的。今天点点滴滴的改进、改正、改善，都会让明天更靠近理想，更接近目标。纵然未能实现，但毕竟努力过，奋斗过，也让人生留下了可圈可点的痕迹，这亦是值得和欣慰的。

不要忘记爱你的人

人活在这个世上不过只有几十年的光阴。那就不要让匆匆的时光带走我们匆匆的人生。放慢人生的脚步，拽住时光的衣袖，与你爱的人和爱你的人相伴而行。人最幸福的应当是你的一生有人爱你或你也爱着某人。当爱你的人给予你真心、真诚的爱，你的心中一定会阳光普照，它烘干了你的潮湿的心绪，温暖了你的落寞的心境。爱你的人也许会给你狂风暴雨的热情，也许只会给你和风细雨的柔情；也许会给你甜言蜜语，也许只会给你默默关怀。无论怎样，你拥有爱你的人，你的生活一定会总是充满暖洋洋的春意，再苦再累也觉得幸福多多。而当你去爱你所爱的人时，那一定觉得那个人值得你为他付出你真心、真诚的爱。你会愿意为他，尽心尽力做事，你会时常把他挂念在心上，不论距离有多远，相隔有多久。你为你爱的人付出的爱，会让你心中有着蓝天、白云的辽阔，有着青山、绿水的清澈，也会让你的生活充实、丰满，觉得幸福多多。人生有几何，春夏秋冬一晃而过，何不让真心、真诚的爱填满人生的每个空格？那一定是充满爱的幸福一生。

对一个时代的人所作所为的评判

每个时代的人都有其思维方式和生活方式。后一个时代的人常会评判前一个时代的人的所作所为。时代不同，人们评判的立场、角度、视野等亦不同，但是不同时代的人却应当有一个相同评判的标准和原则，就是看那个时代的人的所作所为是否合人性、合人道、合人伦、合人情、合人权。如果一个时代的人的所作所为违背人性、人道、人伦、人情、人权，那么这个时代一定是黑暗、可怕的时代。如果一个时代的人的所作所为能以人性、人道、人伦、人情、人权为重，那么这个时代一定是文明、安全的时代。时代的进步发展以人性、人道、人伦、人情、人权为本为重，其进步发展才是正确、健康、理性的。以人性、人道、人伦、人情、人权为本为重，其重要特征就是体现为国民受尊重有尊严和人人彼此尊重、互有尊严。尊重每个人为人之权益，维护每个人为人之尊严，只有这样，生活在这一时代的人们才会拥有真正的幸福感、安全感、获得感。而这一切不会从天而降，它需要每个人努力追求，甚至奋勇争取。

为自己而活之思

人，为谁而活？想必每个人都有自己的选项。当然最重要的选项应当是为自己而活。自己的生命只有一次。只有自己在，一切才在。自己都没有了，一切就都无意义。为自己而活，不是苟且偷生地活，也不是卑躬屈膝地活，而是尊重自己生命和坚守自己价值地活着。如果不是为自己而活，只是一味为别人而活，那就会让自己的生命变得暗淡、灰色，让自己的价值变得失落、无存。为自己而活，不是不顾他人利益、损害他人利益，而是让自己有尊严有价值地活着，让自己的生命散发出更多光和热，实现自己价值的最大化，照亮自己也照亮别人，温暖自己也温暖别人。为自己而活，需要每个人都要有强烈的自我意识，都要坚守尊重自我生命和实现自我价值的至上原则。人类确立的制度和制定的规则就应当是保障人人都能有尊严有价值地为自己而活，否则必须对那些制度、规则进行改进。为自己而活，守住底线，高扬人性，让你我人生更值得、更精彩！

思想的独立性、自主性

人最神奇最美妙的莫过于人的思想。思想指挥一切，指挥你的情感、你的言语、你的行为、你的判断。没有思想，人就会像无根的浮萍，漫无目的地漂泊。没有独立的思想，人就会像墙上狗尾巴草随风摇摆。人只有展开思想的翅膀，才能自由飞翔在思想的天空，去领略那绚丽多彩的思想云朵，去感受那风起云涌的思想澎湃。一个人的思想最值得拥有的是其思想的独立性、自主性。拥有独立、自主的思想，会让人坚定地用自己的眼睛看，用自己的耳朵听，更重要的是用自己的头脑思考，从而做出自己的判断。拥有独立、自主的思想，会让人真正地感受到自己是作为独立、自主的生命体而存在，更自觉地保护自己的人格，捍卫自己的权利，维护自己的尊严。一个人不能没有思想，更不能没有独立、自主的思想。只有拥有独立、自主的思想，才能让自己顶天立地地站立在人生舞台上，演绎充满生命张力、人性光芒的人生剧目。

物质和精神的主人

站立在苍茫的大地上，抬头仰望云朵飞扬的蓝天，心中不免感慨人在天地间是多么渺小。纵有千般豪情，万般壮志，也难以比天高、比地广。不过，人毕竟是万物之灵，用自己的聪慧头脑和灵巧双手改变了自己，改变了世界。当然人也在创造、发展中让自我异化，让世界变异，人将自己囚在自己构筑的物质和精神的双重世界里。在物质世界里，人不断创造物质产品满足自身的物欲，同时物质产品反过来又成为对人的巨大诱惑对象，让人欲罢不能；人在创造物、使用物的同时又让自己成为物的奴仆；有人甚至对物贪求而自毁了人生路。在精神世界里，人创造文化，文化又塑造人；人的情感、思想、理念、思维、信仰等无不受其族群文化影响和左右；而文化中那些负能量、负作用力总是或明或暗地困扰和阻碍人的正常、健康发展，时常带给人们精神压抑和困惑。可以说人在物质和精神方面都必须面对诸多不利因素，这是每个人都得面对的难题。人要走出物质和精神的困境，真正成为物质和精神的主人，既需要内力，即自身要清醒、要理性，又需要外力，即社会、国家要以正确、理性的规则和制度来形成人人都能正常、健康生活和发展的氛围和环境。理想很美好，现实很骨感。唯有人人共同努力，这一切方能成行、圆满。

苦难的转化

一个人，无论遭什么苦，遇什么难，都是命运安排的。也许有人会说如果我不那样，就不会有那个苦，有那个难。可世上没有如果。如果有如果，每个人的人生一定都是一帆风顺的，世界的一切也一定会是顺顺利利的。人的一生总是要遭遇大大小小的苦、多多少少的难。那些苦、那些难，来得总是那么突然，让人防不胜防，去得却总是那么缓慢，让人心急如焚。它们总是折磨人的身心，灼痛人的情思，有时让人肠子悔青，有时让人痛不欲生。受苦受难时，有些人不免会发出这样的哀叹：“为什么受伤的总是我？”埋怨老天不公不平，悲伤自己无力无能，好像天下最委屈的人就是自己。其实，人人都会受伤，只不过所受的伤大小不一、多少不一、深浅不一。那些多灾多难的人想必是他们的性格和处境特别使然吧！既然没有不受苦不受难的受伤人生，那就学会减少、承受和化解苦难。减少苦难就需做事中规中矩、合理合法，做人谨言慎行、积德行善。苦难来临，那是该来的总会来，那就正视、应对，让自己坚强、振作起来，相信没有过不了的坎，相信时间会医治一切的苦难。当然，最重要的是要在苦难中站立起来，让苦难转化为人生的一种动力，那就在苦难中看清人性的弱点，看淡人生的名利，看重生命的尊贵，重新调整、规划人生的努力方向，去迎接人生的旭日东升，去享受人生的阳光明媚。

时间的检验机

有时静思一下，发现时间好无情，它总是那样冷眼旁观世间的纷扰、人间的喧哗，总是那样冷酷地拿走每个人的青春年华，最后还带走每个人的生命。在时间面前，不管人有多么健壮，最终都变得衰弱；不管人有多么名扬天下、威震四方，最终都灰飞烟灭、销声匿迹。有些人想长生不老，费尽一切心机，用尽一切办法，时间就是不给他们机会，让他们徒伤悲。有些人想永远称王称霸，唯我独尊，尽管他们能得逞一时，但时间终究不给他们面子，并做出公正的判决，将他们打入黑暗之谷。有些人默默耕耘其一生，并用点点滴滴善行画就其人生画卷，在世时鲜有人知，少有赞许，可时间却将他们不凡的人生画卷展示给世人，让人们记住他们、怀念他们。人可欺，时间不可欺；人可骗，时间不可骗。一切的是非、一切的好坏，都会在时间的检验机上分辨得清清楚楚、明明白白。

公正公平之心

世上没有绝对的公正，也没有绝对的公平，但是这并不意味人们可以为所欲为地做不公正的事、行不公平的事。追求公正、公平，践行公正、公平，实现公正、公平，是一个健康社会的基本特征。现实的复杂性、人心的复杂性决定了不公正、不公平之事永不会根绝。人们所能做的就是全力减少不公正、不公平之事，同时自己也尽量不做不公正、不公平之事。而这就需要他律和自律。他律就是社会在发展过程中要以有效有力的制度和规则来保证每个人的权利行使和权益获得，来惩戒违背公权、公益的行为，实现社会公正、公平的最大化。自律就是作为社会一员的每个人除了自觉遵守那些维护社会公正、公平的制度和规则之外，还需要谨言慎行、是非明辨，让自己的行为不损害他人乃至大众的权利和权益。实现最大化的公正、公平，社会才能健康、有序地发展。人人都怀有公正、公平之心，彼此才不会互伤互害，才会和平友好相处。

一个人的未来会怎样

假如某一天我突然得了失忆症，忘却了我曾走过的许多路、见过的许多人、做过的许多事，但是我可能会记住某一人、某一件事、某一爱好、某一句话。那人，一定是我生命中遇到的最难忘却的人；那事， 一定是我人生所经历的最为伤痛或感动的事；那爱好，一定是我一生始终不变的兴趣；那句话，一定是深深触动过我的灵魂。当我失忆时，请你们原谅我对你们的忘却，那不是我的有意，也不是我的真心，你们已永远封存在我的心里，永远是挂在我记忆上的珍珠；也请你们不要嫌弃我，虽然世态炎凉，但我相信人间有真情，我会衷心感谢你们还记得我，帮助我。一个人的未来会怎样，那是很难确定的，一切都有可能发生。也正因此，我将更加珍惜清醒的每一天，用心用力做好每件事，少留遗憾，用心用情与大家相伴而行，心存感恩。

用心经营思想田园

在人类世界中，你我都是独立的生命个体，你有你的思想，我有我的思想，每个人都有自己的思想，这是天经地义的事情；我尊重你的思想，你尊重我的思想，每个人彼此尊重各自的思想，这是为人应有的道理；用你的思想思考问题，用我的思想思考问题，每个人都用自己的思想思考问题，这是思想应有的作用；我不能把我的思想强加给你，你不能把你的思想强加给我，每个人都不能把自己的思想强加给任何人，这是人人须知的准则；你用心经营你的思想田园，绽放出你那多彩的思想之花，我用心经营我的思想田园 ，绽放出我那多彩的思想之花，每个人都用心经营自己的思想田园，绽放出各自多彩的思想之花，这是大家要有的作为。你我及每个人独立、自主、有为的思想，必将形成多元、多样、多彩的思想洪流，推动着时代进步、社会发展。

人生在一次次选择中前行

是前进还是后退，是留下还是离开，是继续还是停止，是持有还是放弃，等等，人生总是在这样或那样的一次次选择中前行。选择，是人生行程中不可回避的必然行为。选择并不是次次都是对的，也不是次次都是错，而是有对有错。选择，有时是在深思熟虑之后的决断，有时却是瞬间思考之下的决定。选择，不论主动还是被动，不论是外力作用还是内力推动，都是一次博弈，其结果常常是独自一人去感受、去接受。不同的选择，其结果必然是不同的。有的选择，让人高兴万分；有的选择，让人沮丧不已；有的选择，让人片刻喜悦；有的选择，让人长久痛苦；有的选择，让人无可奈何；有的选择，让人心满意足；有的选择，让人庆幸一生；有的选择，让人后悔一辈。人只有在三思而行中，才能让自己的选择更接近自己的目标，更能顺自己的心、随自己的意。愿大家都有好选择、好生活、好人生！

人生的一睡一醒

有时想想，每晚都能安然入睡，每早都能清醒起床，不亦是人生的大乐事吗？人生不就是这样一天天地过吗？的确，人生在某种意义上就是在一睡一醒之间。人没有不睡觉的，没有不醒来的，这是人的生理的必然和必需。睡，是让白天活跃的神经细胞得到休整，消除疲劳，恢复生机；醒，是让人重新活动身躯，动用脑筋，开启新的一天。有睡有醒，睡了醒，醒了睡，人生之河就在一睡一醒无限循环中流淌着。让自己睡得踏实、香甜，让自己醒来有朝气、有活力，想必这是每个人生活必然之追求，而要实现此目标，有三个需要：一需要人要有良好的生活习惯和心态，二需要人要有合理合情合法的人生诉求，三需要社会要有宽松、宽容、和谐、和睦的氛围。

人要拿得起、放得下

我们来不来，我们在不在，这世界总是依然存在、永恒存在。世界是“铁打的营盘”，我们是“流水的兵”。世界之大、之广、之复杂、之多变，没有人能得心应手地对付和掌控一切，也没有人能悠然自在地超脱于纵横交错、变幻难测的社会。来到这世界，每个人都有其安身立命之地，也都有其谋生求活之路，对此大家不必分谁好谁坏、谁强谁弱，每个人都会享其所享、乐其所乐。置身在这世界中，我们有所为有所不为，一心一意做自己所能做之事，不好高骛远，不眼高手低，让所做之事利己利人；我们半醉半醒，冷眼看淡世俗纷纷扰扰的名利，看轻忘却世俗起起落落的得失，做个拿得起、放得下的糊涂的明白人。世界永远不属于我们，只有自己才真正属于我们。我们每个人都活出真实、强大的自己，我们这“流水的兵”才没有白白流过这“铁打的营盘”的世界。

人不可没有人格、没有尊严

人在现实中不随波逐流，不人云亦云，独善其身，做最好的自己，这其实是蛮不容易的，但却是值得拥有的人生境界。人，作为群体之人、社会之人，总是要受到自身所处环境和周边人的影响，有时为了适应环境，为了合群，他要妥协，要退让，这样才能融入群体。这亦是人的应有生存策略吧！当然在融入群体还是需要讲究度的。这个度就是不能失人格、失尊严。也许有人会说生存是第一要务，生存都困难了，还讲什么人格、尊严？为了生存，失点人格、尊严也无妨，不是说大丈夫能屈能伸吗？这些话说得不无道理，谋生毕竟是人的第一要务。不过也有人为了人格、尊严，是“士可杀不可辱”，是“不受嗟来之食”。可以说对人格、尊严，每个人的态度、取舍不尽相同。虽然人格、尊严不能当饭吃，但是它们却让人昂首站立，挺胸行走，做个真正的自我。拥有人格，能使自己做人更有底气、豪气和正气，拥有尊严，能使自己与他人与众人做到相互平等。人生就这么几十年，一晃就过去，不妨努力做个真正的自我，做最好的自己，那就为了人格、尊严，该抗争还得抗争，该坚持还得坚持，该坚守还得坚守。

善待时间的分分秒秒

人永远战胜不了的对手是时间。时间，总是静静地看每个人一生的所作所为，静静地等每个人一生的无言结局。无论人们如何争分夺秒，珍惜寸寸光阴，时间给人的永远只有一天 24 小时、一年 365 天。无论人们如何强身健体，延年益寿，时间都早已划好每个人的一生时光。日出日落，白昼交替，时间总是以这样永恒不变的方式和步伐不慌不忙地面对每个人。如果我们每个人要以有限的一生迎战无限的时间，那我们永远是失败者。面对强大无敌的时间，我们要真诚地与之握手求和，以坦然、欣然的心态善待时间给予我们的分分秒秒，让时间的分分秒秒都能为我所用、为我所享。我们要在分分秒秒的时间中踏实地过好每一天。不求在无限时间中之永恒永远，只求在有限一生中尽情绽放生命之花。

不惹事不生事不怕事

“人际关系是复杂的。”我们常会听到这句话。的确，现实是如此。因为我们每个人都有自己的个性、思想、观念、主见、想法等，大家彼此相处总会有这样那样的摩擦、碰撞，有时还产生隔阂、冲突、矛盾。人人都是造成人际关系复杂的一分子、一个因素，只是不同人起的作用和影响程度不同而已。要让人际关系的复杂度降低，就需要彼此将心比心、换位思考，学会相互妥协、谦让，做到礼为先、和为贵。当然，在人与人相处时，不惹事、不生事、不怕事也是很重要的。不惹事，就是不要掺和、搅乱别人的事情；每个人做事都有自己的原则、思路和做法，尊重他人做事，是彼此相处好的很重要的原则。不生事，就是不要无事生非，制造麻烦，到处添乱，不要为一己之利或被他人所用，在群体中制造事端，引起不和，那样最终也是会伤人害己的；严于律己，是彼此相处好的很重要的准则。不怕事，就是要勇于正视、应对那些影响自己或群体利益的事情，那些事既然发生了，躲避不了，那就沉着应对、处理，该据理力争还得争，有时救助自己也是在帮助别人；维护自己乃至群体利益和尊严，是大家相处好必须有的底线。

人要取长补短

世上没有十全十美之人，也没有全知全能之人，大家都是凡夫俗子。你知道的，也许我不知道。我能做的，也许你不能做。大家总是尺有所短、寸有所长，要取长补短，互勉互进。人人本应是生而平等的，可现实却人为划分三六九等，造成贫贱富贵之分。于是人们树立信仰，制定规则，追求人人平等，实践人人平等。在上帝面前、在法律面前，人人平等，彼此不要高高俯瞰，也不要低低仰望。当然，现实还会有很多不公不平，会有很多压力、压抑、压制，让人喘不过气，让人忧心忡忡，让人沮丧悲观。面对现实的残酷、冷酷，切不可失去心中的净土和绿洲，应做到彼此不互相伤害。有时不妨发声呼喊，即使收效甚微，那亦是自己的心声，亦对得起自己的良心、良知。如果人人都能发声呼喊，必然形成洪钟大吕，公正公平公义必将走近你我。

回眸往事，审视自我

无论过去是多么甜美，也无论过去是多么酸痛，我们都将永远回不到过去。过去的一切就像秋天的片片枯黄的落叶，铺满在记忆的大道上，给人一种秋的悲凉、伤感，因为有多少往事让人恋恋不舍，又有多少往事让人耿耿于怀，有多少往事让人追悔不已，又有多少往事让人好想重来。过去，就让它过去吧！也许这是大家的心声。的确，过去就像东流水一去不复返，何必再纠缠、再缠绵？可是我们的记忆大门永远向过去敞开。过去的点点滴滴总是会不期而至，让人回眸、回忆、回味。尽管我们活在当下，并朝向前行，但是过去却难以割舍。回眸往事，为的是让自己更好地审视自我，发现自我的残缺、自我的光芒，让自己更从容地走着未来的路。别让过去的痛永远留在心田，别让过去的美轻易溜走。

人的“命”之感叹

天永不塌下，海永不枯竭，可人却永不存留。然而我们心里却总是期待我们能永恒。人总是以出生的喜悦开启生命之旅，又以悲情终结这一行程。从出生的那刻起就注定我们今生各走各的路。大家是条条之路都将殊途同归。只不过一路走去，各有各自的状态、心态，各有各自的处境、心境。而相同的就是大家的“命”只有一条，而且很多人都认为这条“命”是苦“命”一条。也许是生活的压力、工作的压力、家庭的压力，让人叹命苦；也许是不顺的事、不幸的事接二连三发生，让人悲命苦；也许是心想事老不成，事常与愿违，让人怨命苦；也许是他人享福又享乐，平地起高楼，而自家受苦又受累，楼塌无人晓，让人恨命苦。当然，有的人自认命苦，那是一山还望一山高，还想好上再加好；有的人自认命苦，那是认为今不如昔、生不逢时，不能拥有曾经的美好。其实，一个人的命苦与不苦，各有各的标尺，亦有他人评判的标尺。也许你认为命苦的，在他人眼中，你却是好命的。也许他认为自己命不错的，你却认为其命苦。无论命苦还是不苦，命都是自己的，都是自己感知、承受的。面对自己的命，认命也罢，抗命也罢，都要让自己的命有热情的温度、有坚强的力度、有昂扬的高度、有尊严的深度，并尽力让它顺心顺意、善始善终。

人生是一场生与死的博弈

人生几十春秋，说长亦长，说短亦短。说长，那是无数分分秒秒熬成的人生岁月，有时让人度日如年。说短，那只是时间长河的一瞬间，恍如一夜梦醒，已到人生尽头。人生无论长短，其实都是一场生与死的博弈。人有生必有死。人生之偶然，死之必然。死是每个人的最后归宿。死是对生的一切的解脱、超越。求生之欲望与怕死之恐惧永远潜藏在我们的意识深处。没有人会轻易放弃生，也没有人情愿向往死。只有当人生不如死、痛不欲生时，才会有想到对自我生命的放弃。面对生死，人有时是很难自我把握的，如天灾的降临，是实难躲避的，生死只能听天由命；而在战争、暴政等人祸下，人的生死亦由不得自己，随时要面对生死之考验。在生与死的严峻抉择时，有的人宁愿站着死，也不愿跪着生，在他看来，那跪着生，是耻辱，是屈辱，是污辱；有的人会选择苟且偷生，在乎自己的生命，不在意其他的一切，那是因为人命大于天。在这生死抉择中每个人都有自己的意愿和选择权，不必划分好坏、对错。生只有一次，死亦只有一次。尊重生，亦尊重死。

死是人生的句号,也是人生的感叹号。让这句号画得圆满些、这感叹号画得漂亮些，亦是对自己人生的负责。人只有时时怀有生死只在一瞬间之念头,才会珍惜生命的分分秒秒。不求长生不老，只求活得有质量，活得有精神，走得从容，走得顺畅。

2018 年清明感怀

你一言我一语的真话

说真话成为社会的奢侈品，说假话成为社会的日用品，这个社会一定是扭曲的社会。如果人们不愿意、不想要、不能够说出真实的想法，甚至还为说真话付出沉重的代价，那么这个社会一定是可怕乃至恐怖的社会。其实，一个社会都有说真话和说假话的人。只有人们都愿、都能、都可说真话时，这个社会才是开明、开放的，生活在这样社会的人们才是开朗、开心的。一个社会的进步、发展不是靠大量说假话来推动、来支持的。假话堆积如山，终有崩塌之时。生活在假话堆积如山的社会，人们为了合群、为了自保、为了生存就不得不表里不一、言不由衷，不得不戴着假面具过活，彼此心知肚明，这让那些有良心有良知的人备感痛苦，他们或偶尔发发真言，或无声默默以对。要让假话不大行其道，让真言的旗帜高高飘扬，就要靠人们你一言我一语的真话，来慢慢挤占假话的生存空间。星星之火可以燎原。社会的真正进步、长久发展一定是在无数讲真话的人们的推动下实现的。

较真、抗争，不可回避的选择

也许有人会说人生短暂，不必事事较真，得过且过，活着就是最大的理由。此话不无道理，大家来世上这一趟，的确不容易，来了这一趟就没有了第二趟。大家一路走来，各有各的辛劳，各有各的不易，若事事较真，就会徒增烦恼，伤心伤神。对世事、人事还是得过且过吧，只要活着，就一切都好。不过，现实是复杂的，有些事我们不较真它们，它们却较真我们，有些事则会逼着我们要较真它们，否则我们就没有退路，这些事常常是不公不平不义之事，它们有时会距离我们远些，有时则会靠近我们，有时更是直接切入我们。这些不公不平不义之事，不论与我们近还是远，也不论以何种方式出现，其实质都是非合理非合情非合法，都是对我们的权利、利益的侵犯、伤害、损毁。对那些不公不平不义之事若不较真、抗争，它们就会得寸进尺甚至变本加厉地侵害、伤害、损害我们。也许我们的较真、抗争，收效不是很快、很大，甚至很缓慢、很微小，但是只要大家不懈努力，必将形成势不可当的力量，终将会迎来胜利的曙光。为了活得更自在、更顺心，我们该较真还得较真，该抗争还得抗争。

人生的有缘之人

走过的地方越多，待过的地方越多，我们遇到的人也就越多。遇到的人不论相处多久，其最终结局都是各走各的路，各过各的日子，因为每个人都有各自的人生轨迹，彼此相遇，只是彼此人生轨迹的相交，相交后又会沿着各自轨迹前行，辞别旧人，又会遇到新人。遇到的人不论是对你特别好，甚至有恩于你，还是一般般，甚至曾伤害你，也不论你对其印象深刻、记忆犹新，还是模糊不清、全然忘却，他们都是我们生命世界难得的访客、过客，都是我们人生的有缘之人。我们要感谢所遇到的每个人，是他们开启了一扇扇人生之门，让我们有机会认识到不一样的人性，体验到不一样的人情，感受到不一样的人心。我们更要感谢所遇到的贵人，是他们用真心用真诚启蒙引领我们迈出人生关键的每一步，帮助带领我们走出人生的低谷和困境。每个人都是一道人生之景，只要用情去看，都能赏心悦目；每个人都是一本人生之书，只要用心去读，都能获益匪浅。人生路漫漫，何处不逢君？珍惜同行人，美好长相伴。

人生折磨

人活在世上是蛮受折磨的，那是一场肉体与心灵的折磨。人，乃血肉之躯，也是脆弱之躯。人体刀枪可入，毒药可侵，病菌可生，在重力、重压下不堪一击。人，会生老病死，这乃自然规律。人的成长，总是从幼体长成壮体，最后又转化为弱体，在这过程中，人的生理、心理都要经历不同程度的磨损。人，有七情六欲，总要受到不同情感和不同欲求的纠缠，这种状况常常伴随一生。人，又是有思想会思考的生命体。正因为有思想会思考，人就会想得多，想得深，就会有好坏、对错、是非等观念，就会形成对人生、对现实、对社会、对世界、对历史的价值判断。而当思想与现实发生落差时，人就会陷入焦虑、失落、反感等状态中。作为有血肉、有情感、有欲求、有思想的生命体，人注定在肉体与心灵上要经受大大小小、多多少少、有长有短、或隐或显的折磨。没有不折磨的人生。只有经受折磨，人才能成熟起来。只有学会以不同的方法来减少折磨，才能让折磨转化为动力、能量，进而让自己坚强起来。

有工作做，有事情忙

“去上班啦？”“是啊！”“最近忙吗？”“还可以！”邻里、熟人碰面时常有这样的问候。这样的问候听起来有时会让人感动一下，这说明大家彼此还是互相关心的，还是有温度的。其实，有人问我们上班啦、最近忙吗，我们回答是、还可以，说明我们仍然有工作可做，有事情可忙，说明我们身体还健康，还能为自己打拼、为家庭出力、为社会服务。人活在世上，很多时间都是为谋生而奔波、忙碌的。寻找工作、保住工作、做好工作都实属不易，每个人都在不断努力。今天，我们有工作做，有事情忙，是幸运的，也是幸福的。幸运的是自己还拥有工作的机会和时间，说明自己还没有在优胜劣汰中被淘汰或者还没有因岁月沧桑变老而出局；幸福的是自己在工作中获得生存和提升，尽管工作有时会苦会累会难，但是毕竟自己通过体力、脑力、能力等的付出获得了维持生计的报酬，不仅如此，有时更是在工作中实现了自我价值。时光匆匆，机会易逝，请珍惜拥有的当下工作，把握好人生的黄金岁月。

社会角色和自我本色

人，在社会上无论是何种角色，也无论有几种角色，其最终也是不变的只有一个角色，那就是人的自我本色。人的社会角色只是人在社会上的身份，表明人在社会上行走什么样的路，处在什么样的位置。人的社会角色不是一成不变的，有时是主动变化的，是你主动从一个角色向另一个角色转变；有时则是被动变化，是他人让你的角色发生转变。人在其一生中有很多时间都被赋予了不同的社会角色，因为人毕竟是社会之人，毕竟要在社会上立足、谋生，而社会要前行、要发展也毕竟要分行业、分工种。人因长期浸润在社会角色中，其所思所想常带有社会角色之印迹，其身心也常为社会角色所累，有时甚至迷失自我之本色。自我本色有二：一是为人之子女、为人之父母、为人之兄弟姐妹，二是一个独立的生命个体。前者是血脉传承，是人与生俱有的血亲关系，后者是人作为有自我个性、自我思想、自我情感、自我行为的生命体而存在。人的社会角色和自我本色是融为一体的。社会角色是外在赋予的，自我本色是内在固有的。社会角色是会变化也是可退出的，自我本色是永恒不变的。当过度强调社会角色时，自我本色中的亲情、个性就会受到伤害。当过度强调自我本色时，社会角色的功能和作用就不会得到很好的发挥。人的社会角色和自我本色只有在相互协调、相互促进中才能和谐并存，从而实现人的全面发展，为此，不要以社会角色压制自我本色，不要以自我本色干扰社会角色。要在尊重和保护自我本色的基础上扮演好社会角色，服务社会，贡献社会，实现自我之社会价值；要在理性、有度地实践社会角色中，增强、提升自我本色，不断释放自我之潜能，实现自我之生命价值。

命运安排与自己的选择

我们从降临这世界的那刻起，就开启了命运安排与自己选择相融合的人生。我们出生在哪个地方、出身哪个家庭、拥有哪对父母，都是命运安排的，这些我们真不能自己做主，但是我们在母体中却非常自觉自主地吸收母亲给予的营养，当我们经过十个月的努力后，我们选择用动作告诉母亲我们要到这世界，于是母亲带着阵痛，把我们领到了这世界。来到这世界，我们所要面对的什么样人群，所要面临的什么样环境，也是命运安排的，我们只能接受，但是我们在本能的作用下，努力长大成人，适应周边的人群和环境。我们步入上学念书的时期，我们上什么样的学校、读什么样的书，那也是命运安排的，这取决于我们有什么样的家庭和环境，但是我们念书的努力程度，以及能取得多大的学习成绩、有什么样的收获，却是可以经过我们自己选择什么样的学习态度和目标来确立的。虽然学习成绩好坏、学习收获多少也与人的天赋能力有关，这又是一种命运安排，但是勤能补拙，这又是自我的选择。念完书，踏入社会，我们就会面临和处理很多事情，这时命运安排和自己选择更是紧密相随。比如择业，我们择什么业其实主动权不在我们手中，而在命运手中，在以谋生为目的而不是以个人理想、喜好为目的下，我们常常听命运安排我们从事某一行业。虽然我们择业不能主动有为，但是干一行爱一行，却是我们可以选择的，唯有如此我们才能干出一番天地来。再比如婚姻，有很多是相亲而成的，这亦说明我们婚姻大多是命运安排的，当然这也有自我的选择，而婚姻是否幸福、长久，却取决于我们对待婚姻的态度和维系婚姻的方法、能力，这却是我们可以选择的。人生一路走来，命运安排与自己选择总是如影随形，我们只有有所为有所不为，顺势而为，方能减少前行的阻力和摩擦，让自己走得更顺畅更顺心。

尊严和尊重，为人之原则

尊严和尊重，是人与人相处的相辅相成的重要原则。尊严，是人对应有的品格的持有和坚守；尊重是对他人尊严应有的礼遇和遵守。尊严，既有自己努力的一面，同时更有来自他人对自己的尊重。没有他人的尊重，尊严会很受伤害。受不到尊重，意味着他人往往以无理甚至非法的方式侵害你的人格、人权，使你失去尊严，让你流泪、流血。正因此，在人与人相处中，尊重他人应是为人之道，守住尊严应是为人之底线。尊重他人，意味着平等地与他人相处，不居高临下，不目中无人，不强加自己的意志于他人，不压制他人的思想和信仰，不说伤人的话，不做伤人的事。守住尊严，意味着对他人不合理不合情甚至不合法的做法懂得拒绝，学会抗争，不一味地妥协、退让，不让自己的人格、权益受损。只有维护好自己的尊严，才能更好地赢得他人的尊重。尊重你所尊重的，拥有你所应有的尊严。

生活不易

人生说长亦长。现代人较以往任何时代都长寿。如果人均寿命80岁，那么人生就要度过29200天，那是由无数分分秒秒构筑而成的，那是要流淌着80年时光的人生之河。人生说短亦短。每分每秒都在手指间悄然溜走。一天天的日出日落也总是在不经意间交替轮回。当蓦然回首，却发现已从风华正茂到了风烛残年。人生若是百无聊赖、无所事事，定会岁月难熬，度日如年；人生若是雄心壮志、有所作为，定会时不我待，只争朝夕。生不易，那是母亲艰难怀胎十月，冒着生命危险把孩子带到这世上；活不易，那是人既要面临自然灾害的威胁，又要面对人为祸害的侵扰，更要经受个人身心的考验；生活更不易，那是人要做事，更要做人，为谋生为衣食住行不得不长年累月做事，付出一分辛苦，才有一分收获，即使有时收获甚少或无收获，那也得坦然面对。正因为生不易、活不易、生活更不易，所以人生无论长短，都得珍惜当下拥有的每一天。如果每一天都能做自己所喜欢的事情，那一定会激发你对生活的热情，那一定会欢乐你的欢乐、幸福你的幸福。如果每一天自己能真诚、辛勤付出，让自己拥有阳光灿烂的心境，同时又能给他人带去笑声和快乐，那一定是充满享受的付出，那一定是很有价值的付出。当然，不可能天天都有意义，都有价值，但是这并不意味着我们不去努力造就有意义有价值的每一天。今天的努力、奋进，将让明天过得踏实、安稳，并使昨天值得怀念、回味。

劳动光荣亦快乐

在生活中，我们会听到有人说“我是劳碌命”。什么是劳碌命呢？劳碌命就是一个人接二连三地不停干活做事。有的人劳碌命是自己养成的，觉得自己不干活做事，心就会慌，不自在。有的人劳碌命是外力造成的，如为家庭生计不得不一直奔波忙碌，他们虽然有时会叹息自己命苦，但依然任劳任怨干活做事，因为他们的劳动能给自己家人带来安稳和幸福。其实，在现实中我们绝大多数人都在劳动，大家都在通过自己的体力或脑力劳动，谋得维持生活的报酬。在这一点上每个人应当都是平等的。当然，每个人的劳动方式、劳动程度、劳动报酬不尽相同，这种差异化主要是因为每个人来自不同的家庭、处在不同的环境、接受不同的教育、拥有不同的学识、获得不同的机会等。不论你有什么样的劳动表现，也不论你有什么样的劳动回报，只有你通过劳动得到他人的认可和赞赏，你的劳动才是最光荣的，也才是最快乐的。

2018 年五一劳动节感怀

青春的回眸

不要说什么青春不在，那只是岁月的流淌，带走二三十岁的时光。可青春的情怀却永不曾离去，它时常激荡我们的心田。

不要说什么梦想不在，那只是岁月的磨砺，带来我们脚踏大地的务实。但我们仰望天空依然不变，始终憧憬那诗和远方。

青春的岁月，黄金的岁月。旺盛的精力、冲天的干劲、不倦的追求，让青春的分分秒秒充满澎湃的激情、昂扬的朝气。汗水和泪水交织在一起，点点滴滴洒落在青春的路上，有收获有失落，有欢乐有痛苦。青春奏响人生最嘹亮、最动听的交响曲。

青春的日子，追梦的日子。青春年少，无拘无束，幻想梦想理想一路相随，放飞心中的美好，追逐心中的目标，迸发出创造的热情，释放出创造的潜能，让青春之路走得无怨无悔，留下可圈可点的人生印记。青春谱写着人生最绚丽、最烂漫的篇章。

岁月可带走我们青春的容颜，却带不走我们青春的美好。只要我们永远跳跃着年轻的心，我们就永远高唱激情澎湃的青春之歌。

2018 年五四青年节感怀

生活环境与人生境遇

我们每个人都生活在一定的环境中，也就是每个人都有自己的生活环境。有什么样的生活环境，就会有什么样的人生境遇。在同一生活环境中不同的人又会有不一样的人生境遇，这主要是因为人们对生活环境的态度各不相同。顺从、适应生活环境的，其人生一般会是平稳、单一的。挑战、抗争生活环境的，其人生一般会是起伏、多彩的。我们对生活环境总是希望其越开明越开放越好。在开明、开放的生活环境中，我们能直抒胸臆，而不会压抑；我们能坦诚待人，而不会被人愚弄；我们能拥有自己的想法，而不会受到排斥；我们能拥有自主的空间，而不会受到挤压。我们最不希望生活在压抑、压制的环境中，在那生活环境中，人活着整天提心吊胆，六神无主，生怕说错话，唯唯诺诺，生怕做错事，战战兢兢，不知什么时候挨批挨整，不知什么时候横祸飞临。尽管我们面对的生活环境不可选择，但是我们却可以改变自己，寻找最佳的立足点，守住自己的原则和底线，维护社会的公平和正义，张扬自我个性，确证自我价值，尊重他人权利，服务大众利益。这样，只要大家各自努力一点点，就可以让我们的生活环境变得顺人心顺人意。

人生匆匆地相遇、相处、别离

在匆匆的人生路上，大家总是匆匆地相遇、匆匆地相处、匆匆地别离。匆匆的时光总是匆匆带走你我曾经的一切。早知有别离的那刻，又何必有相遇的那时？没有了相遇，也就没有了别离，没有了别离，也就没有了等待，没有了思念。而如果没有了这一切，也就没有了人生行旅。大家就是在不断地相遇、相处、别离中演绎着一段段人生故事。有了相遇，才有了相处，有了相处，才有了人与人互动，有了人与人互动，才有了各类人生故事。在人生行旅中我们总是会遇到很多人，也会与很多人相处。与我们相处的人，无论是谁，都是我们生命中难得的过客。我们来到他们的世界，他们亦去过我们的世界。他们留存在我们的记忆中，我们亦存留在他们的记忆中。无论他们带给我们什么样的人生互动，都让我们有机会经历一种人生境遇，体验一番人生滋味。我们应当感谢生命中相处的每个人，是他们让我们的人生阅历变得丰富、人生感悟变得厚重。而人生的每一次别离，又都让我们多一份伤感、多一份期许。为了让别离不留遗憾、不留苦涩、不留酸痛，我们与相处的人定要且行且珍惜。

人生那彻骨的痛、终生的痛

妈妈，今天我再也抓不住您那苍老的双手。

您那温柔的双手曾帮扶孩子迈出了人生的第一步。

妈妈，今天我再也看不到您那沧桑的脸庞。

您那绽放的笑脸总是像春风吹拂，那样温暖和舒心。

妈妈，今天我再也吃不到您那烧煮的饭菜。

您给孩子的饭菜永远是那么清香可口，令我回味无穷。

妈妈，今天我再也听不到您那关心的话语。

您永远牵挂着孩子的冷暖，母爱无限。

我原以为您不会变老，在我的心中您总是那样年轻。

我原以为您不会生病，您总是让孩子放心工作生活。

我原以为您会一直陪孩子到永远，那是多么的美好。

可母亲您终因衰老重病离孩子们远去。

您的离去，让我深感人生有一种痛是彻骨的痛、终生的痛。

您的离去，让子女心中留下一道永难愈合的伤痕，我们心痛直到永远。

您的离去，让子女永难弥补您为我们终生的付出，我们愧疚直到永远。

您的离去，让子女再也没有了家的团圆和归属感，我们漂泊直到永远。

妈妈，孩子好想再握住您的双手，一直感受您那手心的温柔。

妈妈，孩子好想在梦里能多多见到您，来圆孩子对您的思念。

妈妈，孩子好想有来生再做您的孩子，来报答今生您的付出。

——以此文纪念我那远在天国的母亲，祝她一切安好！并祝天下所有母亲安康幸福！

2018 年母亲节感怀

悲悯之心和善良之举

“你这人真傻，怎么老是替人着想、替人做事？”在现实中大家是否听到这样的话？是否说过这样的话？也许有，也许没有。但不论怎样，从这句话可以看出被说者应是个不计较得失、乐于助人的人，说者是看重个人利益的人。在现实中，总有一些人以其善心、善举帮助他人、服务大众。在他们看来，社会有弱者、有不公、有不平、有不义，这些总需要有人出来去帮助、去改变，让社会更和谐更美好。于是他们努力以其善心、善举去帮助处在困境中的弱者，去改变社会存在的那些不公不平不义。也许他们的所作所为取得的成效不是很大、很明显，但正是因为他们的存在，社会才有前进、发展不可缺少的推动力。其实，一个人在保持自我个性、人格的同时还要有悲悯之心、善良之举。保持自我个性、人格，就是让自己在人生路上不因社会复杂、多变而迷失自我，想必这是大家作为独立生命体应有的理念和原则吧！有悲悯之心、善良之举，就是让自己在人生路上为他人、为社会点燃希望和前行的火炬，想必这是大家作为群体的人、社会的人应有的情怀和作为吧！

思考的最高境界

思考，是人的本质特征之一。人与动物之间的区别就在于人是会主动思考的生命体。人与人之间的一大差异就在于有的人勤于思考，有的人则懒于思考。思考，对我们很重要吗？答案当然是很重要。因为人有什么样的思考，就有其什么样的思想和行为。人越是能独立思考，其思想和行为就越有独立性、自主性，他在做事做人上就越有主见、越有理智，不盲目跟从，不混淆黑白，能明辨是非，能分清对错。独立思考是思考的最高境界。独立思考可让人以独立、自主的视角看待世界、把握问题，确证自我存在之本质和要义。独立思考不是与生俱来的，它是建立在无数次思考磨炼的基础上的；独立思考不是轻松就有的，它不仅需要人们对自我思考的坚守，同时更需要有开明、开放、宽松、宽容的环境。独立思考有时会是痛苦的，因为独立思考会想得很深，想得很远，会触及灵魂深处，会撞击人心深谷；独立思考有时会孤独的，因为独立思考有可能无法与周围环境相合拍、相谐调，不被人理解，甚至被人误解。不论痛苦与否，也不论孤独与否，坚持独立思考，定会给人另一番的人生体验和收获。

不论你在哪里，我都感恩有你

好想再去见你，再握住你的手，再端详你的脸，再倾听你的话。你我人生之遇，那是命运之约。你我彼此相处，那是人生之福。握握你的手心，我如落入暖流；看看你的笑脸，我如沐浴春风；听听你的声音，我如分享美乐。你抚摩我，让我不再伤悲；你安慰我，让我不再孤寂；你帮助我，让我不再无望。在人生低谷时，有了你的提振，我努力向前行；在人生高峰时，有了你的提醒，我谨慎走好路。原以为可以长相守，却不知终有别，命运分开你我，各走各的路。纵然时光无情，带走你我岁月，却难抹那段缘。远方的你在哪？好想再去见你，共叙别离之情，再忆相处之缘。不论你在哪里，我都感恩有你，你带给我美好，你带给我欢乐！

从无数的“当初”走来

“早知今日，何必当初”，这是我们大家耳熟能详的一句话，说的是早知今日这样，何必当初那样，当初那样所作所为一定不会想到有今天这样的结果。这不免对当初那样有后悔之意，对今日这样有感伤之思。其实，我们每个人或多或少有着“早知今日，何必当初”之境遇。当初，我们所做的一切不可能考虑周全、万无一失，也不可能料想到那一切会有什么样的结果。如果大家都料事如神，也就不会有“早知今日，何必当初”之感慨。人生总是从无数的“当初”走来。每一次“当初”都是不可预测未来的选择。既然当初是自己的选择，那么今日之结果无论怎么样，自己都得面对和接受。特别是今日与当初之间出现的反差，更要沉着应对，任何埋怨、自责都不会改变既成的事实。对此，不妨对今日之结果顺其势，少纠结，向前看，悟其道，懂借鉴，少后悔。早知人生终有别，何必当初匆匆来？命中注定来一回，人生不易且珍惜。

在声声“再见”中再见和不再见

在我们人生行旅中，我们不知说过多少声“再见”。一次次相逢，一次次别离，总是在“再见”中难舍，在“再见”中期待。我们在人生路上遇到很多人，也相处很多人，可到最后大家彼此都是互道一声“再见”，就天各一方。我们总是期待彼此再次相见，可是又有多少人能再次相见呢？很多人在说声“再见”后就再也不见了，这不是谁的错，也许彼此很想再见，可是大家各忙各的事，各走各的路，就再也不相见了；也许是彼此注定只有一次相见之缘，再无再次相见之分。但不管怎样，一声“再见”都是对明天的一种期许。有时别离时互道一声“再见”，也是蛮难舍、蛮伤感的，因为不知这一别，何时能再相见。大家别离后的日子不知道会过得怎样？也许很好、很顺，也许不好、不顺。原先的挂念随着时间的流逝慢慢减弱，最后不再有。突然有一天想起他，很想再见见，可是发现这再也不可能了，因为没有了机会，也没有了条件。这难免让人有一丝丝惆怅和遗憾。其实，在我们一生中能与自己一路相伴走到底的人是很少很少的。很多人都是在途中彼此道一声“再见”后，就永不再相见，那一声“再见”就成了彼此人生中唯一一次的互道“再见”，那一声“再见”也道出了人生的一种无奈。人生总是聚聚散散，也总是在声声“再见”中再见和不再见，而不论再见还是不再见，都要善待每一个相遇相处的人，他们都是我们道声“再见”的难得有缘之人，都是丰富我们人生阅历的有缘之人。愿大家别离后都能再次相见、不时再见。

人生曲线向前

来到这世界，注定一生不回头，也回不了头，只能一直往前走。不论是风高浪急，还是风平浪静，不论是颠簸坎坷，还是笔直平坦，人生总是曲线向前，那是因为前方的路多未知，难确定，总是要走走停停、碰碰撞撞。每个人的人生曲线其幅度大小也是不一样的，有的人幅度大些，有的人幅度小些，有的人幅度适中些，那是因为每个人所走的路不同，所遇到的情况亦不同。人生曲线向前虽然让人走得费心费力，但却让人走得更远、更久。人生若是直线而行，虽然省心省力，但却很快走完人生路，因为两点距离最近的就是直线。既然人生是曲线向前，那就让这条曲线画得优美、干净，并充满力度、厚度。不妨坦然面对曲线所遇的每个拐点，细心、耐心地落笔画好，让每个拐点都尽量留下无怨无悔的痕迹和可圈可点的印记，同时对曲线的每处连线都顺其自然、顺势而为，用力地落笔画好，让每处连线都显得饱满、厚实。

一生最对不起的人也许是自己

人，若是静思、细思、深思、反思，会发现人除了拥有自己的身体和灵魂之外不拥有任何东西。人们不是常说一切都是身外之物吗？可是又有多少人能视一切为身外之物，超脱世俗，过着清心寡欲的生活？想必很多人做不到，因为大家都是凡夫俗子，都有七情六欲，都食人间烟火。不过，也许有一天我们会发现一生最对不起的人其实是自己。生活在这世界，为了这为了那，我们要承受多少压力，要忍受多少委屈，要遭受多少痛苦，有多少事只能自己一人默默扛着，有多少话只能说给自己听。尽管我们明知一切皆身外之物，可是我们依然得面对这一切，接受这一切。我们的求生本能，决定了我们再苦再累再痛再烦也要硬挺过去，否则就要提前结束这趟人生行旅，没有第二趟了。当我们发现对不起自己时，我们的人生行旅已走了一大半。时不我待。我们要在余生中懂得放弃，放弃那些曾经不愉快、伤悲的一切，放弃那些不能带走的一切，放弃那些可望而不可即的一切，在放弃中放松自我、放飞自我，拥抱宁静、祥和的生活，舒展热血、激情的生命。

做人难，有三难

我们每个人既是生物人，也是社会人。作为生物人，我们有生老病死，有七情六欲，有衣食住行。作为社会人，我们要接受教育和培训，要与他人合作共事，要遵守众多规则和原则。我们每个人都是生物人与社会人融为一体的。想必大家对做人难都有同感。做人难，有三难：一要战胜疾病。我们一生总要受到不同类型的病的侵扰，不同的生命阶段有不同类型的病，这些病有遗传而来的，有后天造成的，我们总要耗费时间和精力去战胜那些不期而至的疾病。二要节制欲望。只要是人，都有欲望，而人的欲望是无止境的，欲壑难填，也正因此让自己的欲望有度，使自己的诉求、需求合理合情合法，就考验着每个人的理智和意志。三要约束言行。人总要说话和行动，在社会活动中其言行举止是否得体，往往影响人与人、人与团体、人与社会之间关系是否和谐融洽，言行合规合矩是人的生存之道，不可逆也不可违。做人这三难让我们人生步步皆小心且小心再小心。与做人难相比，做自己更难。人既融入社会大环境之中，又独立拥有自我之空间，既成为与社会合群的一员，又彰显自我个性，既与大家同声合唱，又独自唱出自己之歌，这些看似简单，真正做到、做好也是蛮难的。社会的力量是巨大的，它会以其压力、压制乃至压迫，逼迫人们放弃对自我价值的追求和实现，而人们自身的弱点和缺陷又会使自身放弃对自我个性和价值的彰显和实践。在现实中有多少人能在其一生中做个真正的自我，成就真实的自己？也许有人努力而成，也许有人靠机遇而成，也许有人一直无成。活出自己的一片天空，拥有自己的一片乐园，那是人生的美好，值得一生努力争取。

难忘童年

每到儿童节，大家都很想穿越时空隧道回到童年岁月，重温一下那些永不再现的童年往事，回味一下那些永不再有的童年乐趣。可这一切却是永远不可能的。我们只能在记忆深处、在心灵深处去触摸童年的点点滴滴。童年，为什么总让我们乐于回忆、回味，不论曾经有过什么样的童年时光？想必因为在童年我们是那么单纯、纯真。那时世界不论发生什么，在我们眼里、心中都是那样的好看、好玩；那时我们可以童言无忌，可以率性调皮，可以无忧无虑；那时我们觉得大人都是厉害的，总依赖大人的力量；那时我们就像一张白纸，自己可以在上面涂鸦，那是多么的自由自在、无拘无束。可是我们的时光永远不会停留在童年。我们总是在不知不觉中告别了唯一的童年。从童年到成年，我们长大了、成熟了，我们开启了人生的新征程。成年后的我们经过沧桑的岁月，经历繁杂的人事，经受多样的疼痛，我们不再以纯真的眼光看世界，不再以单纯的心态想问题，我们的心变得沉重，我们的思想变得复杂。成年后的我们一定是身也累，心也累，总想放松自我、放飞自我，可是现实却让我们身不由己，心难随愿，于是我们总想回到童年，回到那单纯、纯真的快乐童年，可惜，那永远是我们的美梦。虽然这美梦永难成真，但是只要我们一直保持单纯、纯真，我们就会永远是快乐的小孩。

人生之感悟

天有阴晴，月有圆缺，人有悲欢，世间一切，皆有正反。一生行旅，为何而来，为何而行，为何而往？谁说得清，谁道得明？既来世上，不问来由，若要问之，父母使然，若要深问，命运使然。行走人生，有苦有乐，有爱有恨，有聚有散，情剪不断，怨理不清，常怀梦想，空悲现实，有时茫然，有时糊涂，有时明白，有时清醒，心怀天下，眼界高远，真真假假，虚虚实实，一切随缘，一切安好。山高有顶，水深有底，路有尽头，人有生死，空手而来，空手而去，不着一痕，不留一迹，一切努力，努力一切，只为活着，只为善终。看空一切，醒悟一切，今生今世，此生此世，不再悲情，不再伤感。

人生的有些日子

人生时光是由日日夜夜构筑而成的，人生是经过着无数个日子的。有些日子，一去就忘却。有些日子，慢慢忘去。有些日子，不去记，就记不起。有些日子，触景生情，方记起。有些日子，想忘都忘不掉。有些日子怎么想，就是想不起来。有些日子，永远让人欢乐、开心。有些日子，永远让人伤悲、痛苦。有些日子，刻骨铭心，一辈子忘不掉。有些日子，不该忘却忘掉。有些日子，该忘掉却没有忘。有些日子，忆起让人淡淡忧伤。有些日子，想起让人五味杂陈。有些日子，若不记起，那似乎一切未曾有。有些日子，若是记起，就会一直缠绕，难以抹掉。有些日子，在一些人看来无足轻重，而在另一些人看来却重若千金。有些日子，让人纪念不已，它们带给人永恒不灭的记忆。人生那一连串的日子，不论过去的、现在的，还是今后的，都永远摆在我们人生行旅上，等待着我们去触摸、去回忆、去重温、去品味、去经历。每个人都有自己心中可记不可记、可忘不可忘的日子。面对过去的日子、现在的日子、今后的日子，记住那些不该忘却的日子，忘却那些不必记住的日子。

人的做错说错

人，最难做也最不想做的一件事，就是承认自己做错事，说错话。因为人总是认为自己所做所说都是有理的、正确的。有时明知所做所说是不对、错误的，也不承认，会找借口辩解，错的也会变成对的。人之所以会不愿承认自己的错，是因为人都有固执己见的一面，都有自以为是的一面，都有死爱面子的一面。其实，人不是万事通，也不是无所不能，谁能无错？关键是做错说错要勇于承认，及时纠正，那样不会因错酿祸。一般人做错说错，若不及时纠正，其负面影响还不大，可是有影响的人做错说错，若不及时纠正，其负面影响所涉及的面是广泛的，其时间不仅是一时的，而且是一代两代甚至是好几代的。人做错事说错话虽然不好、可怕，但是最不好、最可怕的是人不能对自己的错及时纠正。人间有多少伤害、有多少悲剧正是因为人们对自己的错不能及时纠正而酿成的。也正因为这样，人们定要谨言慎行，三思而行，少做错事，少说错话，对自己的错误定要及时纠正。活着不仅要对自己好，也要对他人、大众好，只有大家好，一切才安好。

高考，一次人生的大考

中国高等学校入学考试，简称高考，是很多中国人一生难以抹掉的记忆，是很多中国人一生的重要分水岭。高考，是当代中国的国考，是当代中国学子经过小学、初中、高中无数次大大小小考试后的最重要的一次考试。它牵动着千家万户，牵动着千万学子的心，牵动着千万父母的心。高考是每个考生的一次人生大考。很多学子十年寒窗，就为这次高考而来。高考成功，考取自己理想的学校和专业，是每个考生的心愿和目标，因为这将为其人生开启一扇光明之门。当然人生的成功之路，并不是只有高考这条路。只是高考为每一个想要拥有美好未来的人提供了一个很好的起步平台，也就是说只要符合报考条件的人都有机会在高考平台上为自己人生做一次重大选择。尽管高考还有这样那样的不足，但是它对每个人的人生走势在机会选择上却是相对公开公平的。高考改变命运，高考决定命运，高考定终生，这些对高考的评价，在一定程度上反映了高考的重要性，其实很多人其人生走向都是因高考的结果而定的。对于高考，不论成与败，不论爱与恨，它都是每个学子不得不面对的现实，不得不做出的人生选择。只有把高考作为人生的一次选择而不是唯一的一次，才能去从容应对这场人生大考。只有把高考作为人生的一次起步，才能看到更远的人生路，才能走好将来的人生路。

2018 年高考日感悟

人生的得失、输赢

人生有得有失。一时的得并不意味着我们赢了，因为也许我们在得到时也失去了更为珍贵的东西。一时的失并不意味着我们输了，因为有可能我们在失去时也得到特别意外的收获。在得失之间，不必老是想着如何多得，做个赢家，也不要老是害怕失去这、失去那，成为输家。其实，我们人生该得什么，该得多少，都是以失去别的什么、失去别的多少为代价的，得失之间永远是平衡的，这意味人生永远没有输赢之分，因为输赢是会相互转化的，是对等的，没有一直赢，也没有一直输。既然人生的得失、输赢没有绝对的，只有相对的，那就不必患得患失，不必纠结所得所失，不必看重输赢之分。在人生行旅上最重要的一事，就是沿着自己人生的轨迹，该做什么就做什么，顺心顺意就行，开心开怀就好，别管那得失，别管那输赢。

身体永远是自己的

生病，是人的必然之事，是人的一种常态。只不过病有大病、小病之分，有轻病、重病之别。现实中，没有不生病的人，也没有不看病的人，正是因为人们会生病，要看病，社会才会有医生、护士职业的存在，才会有大大小小的诊所、各种医院的存在。人们一旦生病，走进诊所、医院看病，才会真切感受到人是那么脆弱，是那么不堪一击。再强壮的人、再了不起的人一旦生病，在医生面前也只是等待救治的病人。生病、得病，对每个人都是一视同仁的，是平等的，只不过生的什么病、得的什么病，因人而异。而治病的途径、费用、成效也是因人而异，不大一样，甚至会出现不公平之现象。人也只有在生病、看病时，才会真切感受健康的重要，才会有看开一切之想法，才会认为天下再大的事都不是事，可是人在病好之后，又有多少人能真正记住这些，并付诸实践？想必很多人是好了伤疤忘了疼，又忙碌起来，又追逐起来。其实，身体永远是自己的，身体健康永远是自己的事情。生病、看病所受的苦和罪永远是自己承担，谁也替不了、帮不了。也正因此，我们大家要善待自己的每一天，不要让自己太苦、太累了。只有拥有健康的身体，才能细细品味人生，才能慢慢享受人生。

以正确的态度对待事情

人有时越怕一事来，那事就偏偏来了，让人哭笑不得、郁闷不已。面对那事，埋怨、害怕，事情不会改变；只有迎头解决，这事儿才不是事儿。其实，在生活中，人们总是会遇到各种各类的事情。有些事来得快，去得也快；有些事则久拖不已，迟迟结束；而很多事来与去都不是自己能预料、能把控的，对这些事只能是随机应变，顺势而为。遇事就得处理，不同的事会有不同的处理方法；同一事，不同人亦有不同的处理方法。而在处理事情时，态度至关重要，也就是对事情的看法和行动至关重要。态度决定一切。不同的态度必然有不同的结果。态度好，这事儿不是事儿，有事变无事。态度差，不是事也是事，无事也变有事。以正确的态度对待事情，让事事都有合理合情的结局，这是处理事情的最佳境界。而要有正确的态度，须立足自身，审时度势，明事理大小，知可为不可为，做到视野宽、眼界高、格局大。

人生路的选择权

想自己的事，做自己的事，不应成为我们人生的奢求，而应是我们人生的本色。为谋生为家庭为工作，我们很多人忘记了自己的存在，很少去倾听自己内心的呼声，甚至是压制住自己内心的渴求，只是想让自己不鹤立鸡群，不被枪打出头鸟。其实，我们大家内心都存在自己的诉求，都有自己的梦想，只不过在内外压力作用下很多人忽略了自己的心声，放弃了自我的追求，随大流，随大众，保生存，保平安。这可以说是大众化的人生吧！当然也有些人只听从自己内心的呼唤，想自己的事，做自己的事，尽管前方的路会曲折、会坎坷，他们也义无反顾而前行，他们只为确证自我的个体存在和价值。他们也许没有掌声和鲜花，但他们却有行走的自如、呼吸的畅快。这可以说是自我化的人生吧！人生有涯，生命有限。每个人都有走自己人生路的选择权。走什么样的人生路？只要合适自己就可以。当然最好是在人生路上能多想自己的事，多做自己的事，也希望社会为每个人提供更广的活动空间。只有我们大家都能想自己的事，做自己的事，我们的人生才是自由、开朗的人生，我们的社会才是包容、开放的社会。

做父亲，人生的跨越和升华

有了孩子，做了父亲，长了一辈，这是我们每个男人应该有且必须有的人生，是每个男性人生的重大跨越和升华，因为孩子是我们生命的一种延续，是我们人生的一次再出发。做父亲，是一种责任。孩子来到这世上，不是他要来，而是我们把他带来。这决定我们必须将他们抚养长大，培养成有用之人，这是我们不可推卸的责任。作为父亲，我们常常扮演严父的角色。严肃、严格、严厉，常常是做父亲的标配，因为我们男人性格多刚毅、多武断。严肃、严格、严厉是需要度的。合适的严肃、严格、严厉有助于孩子成长，反之则会造成孩子逆反，甚至会使孩子留下人生的阴影。做好父亲也不易，我们须在孩子成长、生活的关键节点给予其支持和帮助，让孩子有坚强的依靠，这也就是人们常说的父爱如山吧。做父亲有苦有累，那是因为我们要为孩子付出心血和汗水。做父亲亦有乐有甜，那是因为孩子让我们的人生变完整了，并拥有了与孩子的那份亲情。不论孩子是否感恩我们做父母的，我们都要感谢孩子的到来，是他们让我们的人生拥有向前行的内在动力。

在这里更要感谢我们的另一半，是她们成就了我们做父亲的身份和资格。

2018 年父亲节有感

生死永远只有一回

在天地之间，人与其他生灵一样，没有生就没有死，有生就有死。人因其会思考，而深陷生死之思、生死之虑。无论对生死有怎样的深思熟虑，每个人的生永远只有一次，死也永远只有一回，不论贫富、美丑、好坏，大家都一视同仁，每个人的不同点只是从生到死距离长短各不一样。其实，每个人的生死距离是不可测的，那是大家分分秒秒用生命来丈量的。用生命去丈量，不论其生死距离有多长，所要做的就是让生命之河尽情地流淌、奔放，冲破世俗的约束、禁锢，让生充满热情、激情、豪情。有了这样的生，何惧生死距离之长短？对生既要看重也要看淡。看重生，是因为生只有一次，人人都一样，生的每一天都值得拥有、珍惜。而生有尊严、有自由，更是人人必须有的生存观。只有有尊严、有自由，才能让人挺胸站立、健步行走、心胸开朗、精神舒畅。看淡生，是因为生终有尽头，一切终将化为无，不必纠结生的一切，不必苦恼一切的无，不妨放下名利之包袱，背起尊严、自由之行囊，坚定、自信地迈向人生终点站。生死相依，生死随缘，活在当下，珍惜所有。

自由，人应当有且必须有

自由，对人真的是那么重要吗？当然，自由，对人真的是很重要。假如把我们绑起来，堵住嘴，不让我们行走，不让我们说话，没有了自由，想必我们一定是会很难受的。人生就那么短短几十年，如果被告知这不能做那不能做、这不能想那不能想、这不能讲那不能讲，用各种框框条条束缚、限制我们的做、我们的行、我们的想、我们的说，那么我们岂不成了任人摆布的无灵魂的木偶？当然，这绝不是我们所选择所想要的人生。自由，让我们做事自在，行走自如，思想开放，言语有力。自由不是别人恩赐的，而是人应当有且必须有的本质的东西，也就是说拥有自由是人之所以为人的一个重要属性。当然，自由不是损害他人利益、妨碍他人言行的自由，而是大家互相不伤害、和睦相处的自由。尽管自由是我们应当有且必须有的，但是我们拥有自由却不是一帆风顺、水到渠成的，会遇到波折、障碍的。只有抵制、抗争、冲破对自由的任何束缚和压制，才能让自由与我们人生一路随行。

让自己在世上的路走得从容、自在

有时候会想到，自己来到这个世界是对的还是错的?是好的还是坏的?想一想发现这又是那么多余的想法。不论对与错，也不论好与坏，都改变不了自己存在这世上的现实。对又何妨，错又何妨，好又何妨，坏又何妨?都难扭转自己在这世上的命运。对也罢，错也罢，好也罢，坏也罢，都是自己在这世上的所作所为。无论对错与否，也无论好坏与否，一个不争的事实是自己依然要行走脚下的路，依然要向远方前行。要知道脚下的路永远不是笔直、平坦的，它会让人走得很累、很苦。可是自己也得咬着牙，坚持走下去。只有到达目的地的那一刻，自己才彻底解放、超脱。那时，一切的对错、好坏都尘埃落定，也都随风而去。而现在所要做的就是让自己向远方前行时能走得更加从容不迫、更加自由自在，不去一路奔跑，而是走走停停，看看美丽的景色，听听悦耳的音乐，读读精彩的文字，做做有趣的事情，回忆难忘的往事，领悟深刻的哲理。做个精神的贵族，做个思想的富豪，此生乐哉，且足矣!

努力化解矛盾

矛盾无处不在，矛盾无时不有。只要与人相处，就会难免有这样那样的矛盾。家庭里有夫妻间矛盾、父母与子女之间矛盾，有兄弟姐妹的，彼此间亦有矛盾。单位里有上下级之间矛盾、同事之间矛盾。学校里有老师与学生之间矛盾、同学之间矛盾。社会上有邻里之间矛盾、朋友之间矛盾。没有不矛盾的人际关系。矛盾有大有小，有严重有轻微，有显性有隐性，有难解有易解，有长久有短暂。矛盾未能化解的后果当然是不好的结局，那就是人与人之间关系的疏远乃至决裂，甚至产生悲剧。人并不因人与人会产生矛盾而不相处、不来往。既然人与人相处会产生矛盾，那么减少矛盾、化解矛盾就是每个人的必然选择，也是处理人际关系的一门艺术。想必每个人都各以自己的态度、方式和办法来减少矛盾、化解矛盾，当然每个人取得的成效各不一样，有的人做得好、做得成功，有的人做得差、做得失败。要减少矛盾、化解矛盾，不妨认识认识人与人之间矛盾产生的缘由。每个人的观念、理念、思想、看法是各不相同、互有差异的，人们又常常喜欢固执己见、各抒己见，这些可以说是人与人产生矛盾的最主要缘由。明白这一矛盾缘由，在减少矛盾、化解矛盾时不妨来个换位思考，从对方的立场、角度来看待、考虑有争议的事情和问题，也就会对自己的观点和想法来个修正，也就会理解和体谅对方，这样彼此能达到互谅互解，从而让矛盾影响降到最低程度。每个人所遇之矛盾，唯有努力减少、化解，方能彼此和谐、和平共处。

人生有遗憾

人生永远是遗憾的。我们不会长生不老，只能短暂逗留，尽管我们拼命努力延长行程，但终究跨不过时间的阻拦。我们不是全知全能，世上发生的很多事情，我们不会全知道；世上的许多事情，我们不必全会做；我们所要做的不少事情，其结果并不会都遂我们的心愿。我们很微小、很脆弱，经不起风吹雨打、日晒冰冻，不能看尽天下万物，不能历经天下万事。我们很努力很勤奋，可我们追求的目标却显得那么遥远，常想上苍为何对我们那么不公，有的人为什么却那么轻而易举地成功如愿。我们的梦想、理想，总让我们憧憬美好的明天，想象灿烂的未来，然而现实又时常以残酷之一面打破我们的希望、期待，让我们跌入谷底、心灰意冷。我们总希望我们爱的人和爱我们的人能与我们长相守长相依，可却因这样或那样的原因，让大家彼此不能相伴走到底，而留下了那绵绵的长相思、长相忆。只要我们还活着，只要我们人生路还一路走着，遗憾就会与我们如影随形。尽管那些遗憾会让人辗转反侧难入睡，会让人心酸心痛似刀割，但是它们却是我们人生的一部分，我们必须面对和正视人生之遗憾。也许正是人生有遗憾，我们才看到人生有不尽如人意的一面，才明白一切的事都不是想象中的完美之事。不论人生有多少遗憾事，只要生活还在继续，生命还在继续，都要守住心中的美好，迈着自信的步伐，奔向诗和远方。

懂得放弃，学会放弃

大家都知道提一桶水，要是提满满一桶水，不仅提得费力，而且桶里的水又很容易溢出来，所以一桶水不要装太满，要舍弃掉二三成水，只留七八成水，那提起来走，又轻松又不会溢出水来。人生亦如此，如果将人生之桶装得满满的，什么都想要，什么都想有，那么人生之路一定会走得很累、很苦。其实，在人生行旅上懂得放弃、学会放弃还是蛮重要的。在人的心底里常会想拥有一切好的，想享有一切美的。如果以此为目标，在现实中拼命地去争取，那一定是费尽心机、耗尽精力，到头来又有几人成功呢？拥有自己所拥有的，得到自己所得到的，享受自己所享受的，也许是我们人生的最好选择，这就需要我们正确面对所遇到的一切，根据自己的能力、实力、精力，细心加果断地选择适合自己的，大胆且坚决舍弃不适合自己的，不贪多不贪全，合适就好。

人间阅历有感

悟尽人生事，惊醒梦中人。落在人间里，形单影又孤。举目望四周，来去皆匆匆。沧海变桑田，心中千千结。仆仆风尘行，天涯又海角。寻觅心中梦，花开又花落。镜中月虽亮，亦是虚幻影。空中云彩美，终归落成雨。千辛万苦追，几多乐与愁。得之若为易，失之亦为快。一切皆随缘，缘尽不必求。淡定眼前事，事事有定数。心中无妄念，透彻清如水。山高风如涛，豪气贯丹田。海阔水连天，胸襟坦荡荡。苦乐一辈子，何不开心过？学那挺拔松，任凭风暴来。留着骨气在，笑看世俗媚。不争名与利，只求平与常。放下恩与怨，只求喜与安。

每天的三餐

作为上班族，自己有时想到，忙碌工作一天，到底是为了什么？难道是为了一日三餐吗？早晨起床，常常为了上班不迟到，我们很多人都是简易早餐，然后奔赴上班地点，生怕迟到。到了单位，开始上午上班时间，大家各忙各的工作，各做各的事情。到了一定时间，看看时间，发现已到上午下班时间，于是大家纷纷停下手中的活，准备去吃午餐。有的人叫外卖，有的人去食堂吃，有的人回家吃。吃完午餐，休息休息。到了下午上班时间，在单位休息的、在家里休息的，都准时回到岗位，开始了下午的工作，大家又各忙各的事情。忙着忙着，发现下午下班的时间到了，大家又纷纷放下手中的事情，准备回家。回到家准备晚餐，吃晚餐。一天的日子就这样过了。这日复一日，月复一日，年复一日，直到退休。这日子可简单表述为：到点早餐，到点上班，到点午餐，到点上班，到点晚餐。其实，在一定程度上来说，大家上班的目的就是为了三餐，因为有了上班，才有了用餐的经济基础。而这三餐又是大家必需的，否则大家就没有热量和能量，就不会存活下去。俗话不是说“民以食为天”吗?“以食为天”是人类之永恒永远。可以说，这三餐是大家上班工作的动力和目的。当然这三餐也给大家更多的体力和脑力，让大家更好地工作，服务社会，创造社会价值。对于这三餐，大家不妨有三个“感”：一感受，感受三餐带给自己美妙、美味的口感，让三餐不仅是每天生活的必需，而且也是生活的一种大享受；二感谢，感谢为三餐提供食材的所有人，是他们的辛勤付出，才有三餐的物质基础；三感恩，感恩父母给予的生命，让自己能经历有这三餐的人生，同时亦感恩自己那流淌不息的生命之河，让自己拥有三餐的美好时光。愿大家每天三餐吃得好、吃得香、吃得乐。

夫妻一场实不易

假如有来生，你愿意再做我的妻子吗？假如有来生，你愿意再做我的丈夫吗？对这个假设的回答，也许是“愿意”，也许不是，也许会反问：“你说呢？”也许默默不语。这里有一个问题就是：有来生吗？来生是什么？没有人说得出是什么，也没有人经历过。来生，其实，只是人们的一种期许和憧憬。对夫妻来说，没有来生，只有今生。夫妻有一日夫妻百日恩，有携手白头、相濡以沫，有举案齐眉、相敬如宾，有似冤家路窄、争争吵吵，有本是同林鸟、大难临头各自飞。夫妻关系，可以说是人际关系最长久最密切的一个，相伴终老；它也是人际关系最脆弱最不稳定的一个，破镜难圆。夫妻彼此无血缘，也彼此曾经陌生，因为千里姻缘一线牵而走到一起。不论是一见钟情，还是相亲而成，一对男女成为一对夫妻，那是人间的美妙；一对夫妻经过生物化合作用孕育出新的生命，那是人间的奇妙；有了孩子的夫妻成就了一个家庭，那是人间的风景。其实人间就是由无数个家庭汇聚而成的，其主角就是一对对夫妻。夫妻和，才会有家和，家和才会万事兴，才会人间有祥和。夫妻须彼此理解、宽容，懂得妥协、退让，做到互尊互信，多为对方想，善解人意，方能减少生活中的摩擦。不怕小吵小闹，就怕打架恶骂，最好不吵不闹不打不骂。夫妻唯有彼此珍惜、互爱，才会执子之手、白头偕老，才会想来生再做夫妻。夫妻一场实不易，缘分长久须用心；人生美景处处有，夫妻共看最美好！

相聚，让人珍惜、回味

相聚的时光永远是短暂的，离别的岁月永远是悠长的。人生一路走下去，会发现曾经认识、熟悉的人越来越多，却渐行渐远，有些人不再想起，有些人偶尔想起，有些人时常想起，有些人很难想起。留在身边一路同行的人则越来越少。那是因为人生的每个时间段总是会遇到不同的人，儿时有伙伴，学生时代有同学，工作年代有同事以及因工作原因而来往的人，当然在生活中也会与其他人来往。这些人都将随着时间的推移、人的活动空间转换而彼此分开，不再往来或很少往来，久而久之，大家彼此就慢慢忘却。而留在身边一路同行的人往往都是自己的亲人好友。也许人生就是这样，它总是让你我所认识、熟悉的人变得越来越少，让你我有回忆、有回味；它总是让你我身边的人变得越来越重要，要你我去看重、去珍惜。也正因此，我们不要错过每一次相聚的机会，让每一次相聚都彼此珍惜，都留下美好的回忆，滋养着心灵的田园，让离别的岁月仿佛凝固在昨日。

自我反省、自我批评的自觉

今天，能静下心来自我反省，能平下气来自我批评，实属不易。对自我反省、自我批评，也许有人会认为多此一举，何必与自己过不去？也许有人会认为世上的事情很多，忙都忙不过来，哪有时间去做？自我反省、自我批评是对自我的直视和剖析，发现自己的弱点、缺陷，便于今后自己更好地行动和作为。人们缺少自我反省、自我批评，是因为世人大多都认为自己很不错、很有理，而有错、无理的都是别人的。这很容易造成对自我认识的偏差，使自己没有自知之明，却自以为是，听不得别人说不是，看不得别人的好。其实，自我反省是对自我心灵的大扫除，人在社会在生活，久而久之，总会将世俗的尘埃落在心灵家园里，如果时不时自我反省，那将有助于清除心灵的尘埃，让心灵变得干净、透亮，从而人也变得有精神有朝气。自我批评是对自我行为的大纠正，人不是先知先觉的，也不是料事如神的，有时会因判断不正确、理解不到位而使自己的行为冒犯他人、有损于他人，这时若及时自我批评，可让自己的行为得到很好的纠正，也能求得他人的谅解，让自己的错误行为的负面影响降到最低点，这于人于己都是大大有利的。人不妨有自我反省、自我批评的自觉，以此让自己更净化、更清醒。

人生收到的最重要的礼物

有时会想到，把孩子带到这个世界是对还是错，是好还是坏？不过，又想想，人类的繁衍是一代又一代。我们把孩子带到这个世界，就像我们父母把我们带到这个世界一样，都是命运的安排吧！我们将孩子抚养成人，也如父母把我们抚养成人，既是本能，也是责任吧！孩子长大成人，终将离我们而独立，过自己的生活，也像我们离开父母过自己生活一样，这是孩子的必然选择，也是做父母必须面对的。假如你是陪伴着孩子成长，那么你会从孩子身上看到自己的影子，你自己仿佛又成长了一回。不论孩子距离自己有多远，分别有多久，孩子永远是父母的牵挂，因为那是割不断的血缘，两代人的心永远系在一起。长大后的孩子也许不在乎我们的想法和期待，他们有自己的想法和期待，他们要走自己的路，要过自己的生活，也正如当初的我们。其实，孩子长大、成熟，有自己的主见和目标，也正是我们所期待的，因为他们可以独立了，可以自主了，他们可以自己面对生活、社会，自己去适应环境、去处理问题。这是每个长大后的孩子所必须学会的，也是人人必须走的路。孩子小时，他们仰望我们，我们俯瞰他们；孩子长大，我们仰望他们，他们俯瞰我们。人生就这样轮回转一圈。我们为孩子付出心血，不必期待孩子的回报和感恩，其实孩子是我们人生收到的最重要的礼物，他们是我们情感的依托，是我们希望的寄托。孩子的健康、平安、幸福，亦是我们的健康、平安、幸福；我们的健康、平安、幸福，亦是孩子的健康、平安、幸福。愿天下父母和孩子都健康、平安、幸福！

无法忘记你

遇见你，是今生的缘。茫茫人海中你我相遇是奇迹，是奇妙。你从你的世界来，我从我的世界来，在永远猜不到的那一刻、那一地，你我初次相遇了，彼此从互相问好的那刻起，明白了世界有你我的存在，从此不再陌生，开启了相知相处的时光。

相伴你，是今生的福。与你一路同行的日子，有说有笑，有闹有吵；你的开朗吹散了我心中的忧愁，你的温情融化了我心中的苦恼，你的大方开阔了我心中的狭隘。你是天边幸运的雨儿飘落在我的心田，润泽我生命的肌肤，让我不孤寂、不孤单，让我欢快、欢乐。

告别你，是今生的伤。我原以为与你朝夕相处的日子会走得很远很远。我与你却在没有准确预料的日子分离。握握你的手，看看你的脸，向你挥挥手，说声再见，心中的千言万语都凝固在转身离你而去的那一刻，不曾料想，那一别却不再相见，留在了彼此的记忆中。

想着你，是今生的念。时光可以磨掉我很多记忆，可以带走我很多东西，却带不走你我曾经在一起的快乐时光，磨不掉我对你的记忆。记忆总是会慢慢堆积我对你的念想。想着你的笑声、你的笑脸，想着你对我的好、对我的情；念着在远方的你一切都过得好吧，念着你别把忧愁、苦恼挂在心上，开开心心、快快乐乐地过活吧！

聚聚散散，离离合合，悲悲喜喜，酸酸甜甜，这就是人生吧！

拥有自己想拥有的

人生总是有追求。追求的目标就是拥有自己想拥有的。并不是所有的目标都能实现，也就是人并不能拥有自己想拥有的一切。只有那些符合实际、切实可行且机遇眷顾的目标，才有可能实现。拥有并不会是永恒永远的拥有，因为世事无常，瞬息万变，此时拥有，彼时就可能失去。只要有拥有，就有可能失去。拥有得越多，害怕失去的也就越多。既然有拥有就有可能失去，那么以正确的态度对待拥有以及拥有什么，就是一件很重要的人生事情。对待拥有，不妨持有适合、适度的态度，也就是所拥有的要与自己的条件、个性、价值观相适应，要与自己的接受能力相适应，要享受拥有之过程，要看轻失去之可能。而人最值得拥有的是崇高之精神、正直之灵魂、自由之思想，让它们深嵌在你我生命里，永随你我人生中，它们必将振奋、昂扬你我生命、你我人生。

一种深度与厚度并存的人生体验

人人有思想，人人又各有各的思想。而思想一深刻，人就痛苦。深刻的思想会让人思别人所未思，想别人所未想，看得更远，悟得更透，从而让人因怀有深深的问题意识和探索精神而痛苦。人的问题意识和探索精神越强，他就越痛苦，因为他要透过现象看本质，他要探寻真相和真理，他要把握事实和真实，这些注定是个艰辛、痛苦的过程。在现实中人人都有思想深刻的时候，只不过有的人偶尔为之，有的人时常为之，有的人长久为之。其实，拥有深刻思想，虽然会有痛苦感，但是对人还是蛮重要的。拥有深刻思想，会让人从浅显走向深沉、从低俗走向高尚；会让人看清很多事实，明白很多事理；会让人多保持一份清醒、多持有一份理智；会让人不人云亦云、不随波逐流；会让人反感虚伪、虚假、虚荣；会让人反对不公、不平、不义。在人生行旅中，拥有深刻思想是一种深度与厚度并存的人生体验，是一种正直和正气共存的人生境界。深刻思想是人生所值得拥有的。

求得一种心态平衡

“比上不足，比下有余”，我们是否都有这样自我安慰、自我满足的心态？也许有，也许没有。从大多数人的生存状态来看，基本上处于居中状态，有其好的一面，也有其差的一面。在现实中，人们若相互比较各自生存状态，一定会发现，往上比，有人会比自己更好，往下比，也有人会比自己更差，同时自己处于当中位置。可以说人们生存状态的好坏，只是相对的，关键是看对自己所处的位置所能接受的心态。其实以“比上不足，比下有余”求得自我安慰、自我满足亦是一种生存之道。如果以金字塔来比喻众人的生存状态，塔尖为最好，往下依次递减，塔底为最差，那么在塔尖、塔底的人只是极少数，在塔中间的人则是绝大多数，呈现出“比上不足，比下有余”之状态。当然人们也总是努力往塔尖方向前行，但是如果到达不了塔尖，也永远是“比上不足，比下有余”。明白这点，我们就能更好地对待自己人生的位置和处境。对自己当下的人生位置和处境，不论是安分守已、知足常乐，还是向上进取、突破发展，都不妨以“比上不足、比下有余”来求得心态平衡，来从容对待人生所走的每一步路。山外有山天外有天，守住自己做好自己，不求最好只求更好！

底线是什么

一个人的底线是什么？一个社会的底线是什么？一个国家的底线是什么？一个人的底线是其良心，一个社会的底线亦是其良心，一个国家的底线依然是其良心。人的良心是人对他人生命和尊严负责之心；社会的良心是每一个群体对每一个公民生命和尊严负责之心；国家的良心是政府及公权部门对人民生命和尊严负责之心。一个人没有良心，失去底线，必定会做出伤天害理、草菅人命之事，这个人会变得十恶不赦；一个社会没有良心，失去底线，必定会造成人人互害、人人受害的局面，这个社会会变得四分五裂；一个国家没有良心，失去底线，必定会带给人民以恐惧和绝望，这个国家会变得民不聊生。也正因为这样，一个人一定要有良心，有底线，珍惜他人生命，维护他人尊严，让自己问心无愧地行走在人间。一个社会一定要有良心，有底线，让每个公民生命不受伤害、尊严不受贬损，人人互尊互爱，这样的社会才是安居乐业的社会，才是朝气蓬勃的社会。一个国家一定要有良心，有底线，让人民生命有保障，活得有尊严，这样的国家才有发展价值，才值得人民热爱。一个人的良心、一个社会的良心、一个国家的良心既需要靠大家自觉共同践行，也需要靠制度、法制来促进来保障，让违背良心、突破底线的付出沉重的代价。愿良心永存在每个人心中、弥漫在社会每个角落里、贯穿在国家每个发展进程中。

孩子，我们曾经也是孩子

题记：毒奶粉、假疫苗等一次次侵害中国孩子，一次次突破人类的底线，令人痛心疾首，令人痛定思痛。谨以此文作一反思。

致歉受大人伤害的孩子们：

孩子，我们曾经与你一样，也是无能力不自立的孩子。

孩子，我们曾经与你一样，也是对大人充满了信任和依赖。

孩子，我们曾经与你一样，总认为大人所说所做都是对的。

孩子，真对不起，我们长大成人了，却忘了自己也曾经是无助的小孩。

孩子，真对不起，我们在追求名利的道路上越走越远，却忘了你们的存在。

孩子，真对不起，我们过于看重眼前的自身利益，却忽视了你们的未来。

孩子，请宽恕我们，我们没能对那些错误做坚决的反对，而让那些错误带给你们永久的伤害。

孩子，请宽恕我们，我们只顾大人自己的利益，却对你们的利益熟视无睹，伤害了你们不容侵犯的利益。

孩子，请宽恕我们，我们没有把你们真正放在心上，没能尽心尽力去关心你们、保护你们。

孩子，请给我们一次改错机会，也许你们会说永不原谅，那我们更要好好深刻反省自己，我们将赎罪再赎罪。

孩子，请给我们一次改正机会，也许你们会说永不原谅，那我们更要坚定立场捍卫你们的权益，让更多的你们的小伙伴们不再重演悲剧。

孩子，请给我们一次改进机会，也许你们会说永不原谅，那我们更要检讨、规范我们的所作所为，用健全的制度和机制保障你们的生命权益，保证你们的美好未来。

儿童是我们的未来，关心儿童也就是关心我们的未来。愿中国孩子永远拥有安全的生活环境！

今天的努力，明天的收获

我们总希望明天会比今天更好，但是明天到来时，却发现明天并不比今天好。为什么？是我们对明天期待值偏高？还是我们对明天形势错判？也许二者都有。我们常常对今天的不如意、不称心、不满意，怀有一种希望，就是希望明天会改变，会变好，会让人如意、称心、满意。这种希望本无错。但这种希望不能只停留在口头上、心里头。如果在今天不采取行动，不有所作为，来改变、改进、改善今天的那些不是、不好、不足，那么明天依然如今天，依然不如意、不称心、不满意。在现实中，今天会有很多不是、不好、不足，对这些如果大家都观望、等待甚至互相推诿，那么它们就会依然存在，甚至是越变越严重，产生的不良后果也是越来越严重。对今天的那些不是、不好、不足，不论与自己有关，还是与自己无关，都要事事关心，都要尽自己所能去改变、改进、改善，哪怕说一句公道话，亦是一种正确选择。也许有人会说，那不是多管闲事，那不是做人很累？千万不要以为与自己无关的那些事，就可以事不关己高高挂起，如果大家都这样，那么那些不是、不好、不足就会到处弥漫，慢慢向大家靠近，最后包围大家，到时大家想脱身都很难。与其这样，倒不如大家事事关心，关心事事，努力改变、改进、改善今天的不是、不好、不足，那样明天的一切就会越变越美好，越变越理想！

让健康如影随形、不离不弃

世上有两个字，对每一个人都是重要和宝贵的，那就是“健康”二字。有了健康，就不用与医院、病床、药品打交道。有了健康，就气色好，精神好，心情好。有了健康，就吃得香，睡得好，玩得乐。健康本是人人都应该有。但人人健康状况各不一样，有的人很健康，有的人较健康，有的人不健康。健康状况不一样，其原因或先天基因导致，或后天环境使然，或个人因素造成，或其中二者或三者兼而有之。今天，大家不论健康状况如何，都要努力健康，拥抱健康，让健康在人生行旅中如影随形，不离不弃，因为健康是一种福气，人能有健康，就是人的福气，它让人做事有力有劲、做人舒畅舒心；健康也是一种财富，人健康了，就少生病了，就少花钱治病了，就有时间赚钱了，这就是对财富的无形增加；健康也是一种投资，拥有健康是对自己生活、生命的投资，健康了，生活就会变得多彩、有质量，生命就会变得坚挺、有活力；健康也是一种责任，是对自己负责、对家人负责，只有健康，才能不浪费人生时光，让人生路走得更好更远，只有健康，才能少拖累家人，给家人更多放心、开心。人生本来就苦短，若不健康，人生就更苦更短。要健康就要保持良好的生活方式和心灵状态。该运动就运动，该休息就休息，该放下就放下，该舍弃就舍弃。千万不要以健康为代价去谋求终将成为浮云的名和利。只有让自己做好健康的主人，才能让人生绽放出更多光和热，照亮、温暖自己，也照亮、温暖他人。

生死，代代承受、代代轮回

每每想起一路走来所遇过的人、所做过的事、所见过的景，仿佛就在昨天，不曾远去，也许积攒的往事多，心中的愁绪也多。有时想起那些远在天堂的亲人、友人、熟人，心中总有一种酸痛，他们的音容笑貌都不曾从记忆中抹去。他们的离去，有的早已有预感和心理准备，有的却感到突然、意外、震惊。但不论怎样，与他们永别离是不争、不可逆的事实。在鲜活的现实世界里再也看不到他们的身影，再也听不到他们的言谈。这是何等悲情、何等悲伤。人为什么不能永生不老、天长地久？人为什么要阴阳两隔、生离死别？也许这就是造物主的安排，让生死成为人类永恒的主题，一代一代承受，一代一代轮回。我那些远去的亲人、友人、熟人，都曾走进我的世界，留给我深深的记忆。他们如一缕缕阳光曾照亮我人生的路，让我体验到多味的人生，感悟到别样的生命。尽管他们的远去，让我不舍、心痛，但那却是人生的必然，不可挽回，对他们只能追忆、怀念。我知道自己的人生也终将是一次随时都有可能被叫停的旅行，自己也终将会成为别人的记忆和回忆。也正因此，自己更要珍惜当下的每天时光，做利己利人的事情，过有益身心的生活，不要蹉跎了岁月，不要浪费了余生；更要珍惜身边的每个人，没有他们相伴相随，人生一定孤单无味，不能带给他们最好，也要带给他们更好。人生路长亦短，时光易逝不再有，珍惜彼此情义深，美好记忆永相随。

给人生做加减法

“人活着真累！”想必很多人都这样叹息过、埋怨过。不过叹息归叹息，埋怨归埋怨，人活着真累，还得依然活着，除非不想活。谁都不会轻易放弃活着，对生之恋，是人之本能，除非人被逼着走到绝路。人活着真累，这可以说是人人都有的生活状态和心态。只不过是人们感觉活着真累的角度和原因不同。有的人为工作压力而累，有的人为生活压力而累，有的人为家庭压力而累，有的人为追逐名利而累，有的人为理想梦想而累。有的人想不开、放不下，累得多；有的人想得开、放得下，累得少。其实，人感到活着真累，说明自己还是有所做有所为，有所思有所想，还不是闲人一个、庸人一个，说明自己还活在当下，还为生命坚守着。人没有活着不累。不论有何种累，只要活着就是硬道理。留得青山在，何惧没柴烧？当人感到活着真累时，就要提醒自己，该好好调整一下生活节奏、工作节奏，该好好审视一下自己所思所做，不要让自己的身体和心灵超越临界点，否则会对自己的身心产生重大伤害。既然人活着真累是不可避免的，那就给自己人生做做加减法，加些力所能及的事,加些想做与爱做的事,减些不切实际的事、劳心伤神的事;加些亲近自然、放松身心的活动,减些无聊无趣、有碍身心的活动。尽管人活着真累,但更要珍惜活着的机会,一生只有这一次机会。不论今天过得累与否,都要让自己每天清晨按时起床,迎接新的一天的开始。

行走在社会之中

人，不会也不可能脱离社会而存在。社会的变化发展总是直接或间接影响每个人的生活、生存。适者生存，是社会的一大定律，也就是说人只有适应社会之状态和变化，才能更好地立足、生存于社会，因为社会中有各种约定俗成的规则，无时无刻不在显性或隐性地左右、影响着每个人在社会中的言行。当然社会的规则不是一成不变的，它会随着人类认知的变化而变化，会随着政治、经济、科技的变化而变化。每个人以各自的条件和方式行走在社会之中，有的如鱼得水，顺风顺水，有的举步维艰，逆风逆境，有的审时度势，以不变应万变，有的若即若离，以自我为重心。可以说我们大家都以自我方式面对社会、应对社会，在社会中寻找到适合自己的生存方式。虽然社会的发展是各种合力作用而成的，但是我们大家也能以一己之力去推动社会点滴进步。在社会发展行程中总会存在这样那样的障碍、阻力，总会不尽如人意甚至突破底线的东西存在，面对这些，有畏惧的人，有退缩的人，有熟视无睹的人，有睁一只闭一只眼的人，但也有勇敢者直面社会的缺陷和不足，勇于揭示社会的黑暗和丑陋，并提出自己的建议，甚至付诸实践，目的是让社会变得更好更理想。当我们享受到社会变革、发展带来的成果和益处时，不要忘了那些呐喊者、付出者、行动者、实践者，要给予他们大大的点赞。在社会变革、发展中也许我们不能直接参与、推动，但是我们守住为人的良知，守住为人的诚信，守住做人的尊严，守住做人的担当，那也是对社会变革和发展的一种参与和推动。

对得起自己的人生行旅

在现实中，富人有富人的活法，穷人有穷人的活法，平常人有平常人的活法，每个人都有每个人的活法。而每个人的活法其实没有可比性，因为每个人的活法在某种程度上都是命运之手使然，且每个人的活法所包含的酸甜苦辣只有自己才能体会到。如果一味地去比较自己与他人的活法，有时会让人心态失去平衡，且产生不良后果。当然也有人改变自己原先的活法，有了新的活法，而新的活法的好坏、优劣也只有自己知道。每个人自己有什么样的活法，最有发言权的当然是自己。不过，细想一下，每个人无论有什么样的活法，其最重要的一点就是对得起自己的人生行旅。不要活得太委屈、太压抑，不要活得太马虎、太随意，也不要活得太嚣张、太霸道。做到居安思危，因为生活中会有很多意料不到的事情出现，防患于未然，才会让人生路走得更顺。学会苦中作乐，人生会遇到很多事，并不是事事顺心，有些事会让自己有挫折感、失败感，这时唯有坦然面对，看淡一切，方能走出人生的沼泽。每个人都有各自的活法，只要活得心安理得、活得精彩亮丽、活得安康吉祥，就是自己最好的活法。

在做事中确证人生价值

春天，春暖花开，亦有倒春寒。夏天，酷暑连连，亦有凉风吹。秋天，一片萧瑟，亦有果飘香。冬天，寒气逼人，亦有日光浴。人生不必总想顺风顺水，有时逆风逆境方显真才真情。一生为生活而奔波，总会遇到各种各样的事情。有些事看似平常，但深入其间却发现其不同寻常。有些事看似复杂，但细加分析却感到简单可行。有些事不必斤斤计较，因为那些事就是那样，谁也改变不了，不要徒增烦恼。有些事知道就好，不要去深究，明白到一定程度就可以了。有些事只能留在心底里，不易说出来，只有慢慢回忆和品味。有些事就得明了，让事情的来龙去脉弄清楚，水落石出，求得圆满结果。人做事，事在人为。人活着总要做不少大大小小的事情。而做事顺不顺、成不成，一看自己是否用心做，二看所做之事是否顺势而为，三看是否得到贵人相助，也就是要天时地利人和。做事，既要看重其结果，因为结果意味着此事完结及其成效，又要重视其过程，因为过程是人的才情释放、施展的过程，是展示人解决问题的能力的过程。其实，做任何事，都是对自己生命能量的一次释放，只不过程度大小不一，都是对自己人生价值的一次确证，只不过力度大小不一。人在做事中不断实践人生、确证人生，不求完美，只求心满意足。

同一片天空下共命运

在熙熙攘攘的人群中，人与人总是彼此擦肩而过，你不知道他是谁，他也不知道你是谁，大家怀着各自的心情，朝着各自的目标，奔波在谋生的路上。看似大家彼此没有关系、没有纠结，但是在同一片天空下，大家会面临共同的一些时代问题、社会问题，这些问题把大家的命运牵连在一起了。也许这些问题，大家会不怎么关心，也不怎么在意，但是它们却关心、在意大家，它们或多或少地影响着大家的生活质量、生存环境。其实，大家并不是生活在一尘不染的真空世界里，而是生存在复杂、多变的现实世界中，处在时代、社会潮流之中。一些时代问题、社会问题总是或早或迟地慢慢靠近大家进而包围大家，人们想旁观、想脱离、想置身事外，是很困难的。面对那些影响大众利益、公共利益的时代问题、社会问题，大家应怀着共命运的心态去力促这些问题的解决，有的可直接去促成这些问题的解决，有的可大声呼吁唤醒人们对这些问题的关注和解决，有的则默默支持解决这些问题的实践者、呼吁者。大家用一己之心、一己之力捍卫大众利益、公共利益，同时也是在捍卫自己的利益。大家也就能心安理得地享受这些问题解决所带来的利益和好处。在熙熙攘攘的人群中，也许大家彼此不认识，但大家却是在同一片天空下共命运的人，大家在匆匆而过时，别忘了多关心些大众利益、公共利益。

辩证对待生活

每个人，都会有快乐的时候，也都会有痛苦的时候；都会有顺利的时候，也都会有困难的时候；都会有轻松的时候，也都会有感到压力的时候。没有人一直生活在快乐、顺利、轻松之中，也没有人一直生活在痛苦、困难、压力之中。人们总是希望快乐、顺利、轻松的时光越多越好，反之，痛苦、困难和有压力的日子越少越好。可是在现实中快乐、顺利、轻松的时光总是那么短暂易逝，总是让人期待，而痛苦、困难和有压力的日子总是那样紧紧相随，总是让人愁怨。无论大家在生活中有多少快乐、顺利、轻松，也无论大家在生活中有怎样的痛苦、困难、压力，都要以辩证、平衡的心态对待生活之一切遭遇。乐极生悲、否极泰来，这告诉我们，事物发展到一定的极致必然要向它的对立面发展。在快乐、顺利、轻松的时光不要忘记了痛苦、困难和有压力的日子会在意想不到的时候不期而至，同样，在痛苦、困难和有压力的日子要相信快乐、顺利、轻松的时光也一定会像日出东升那样如约而至。在生活中不妨以安详、平和的心态去拥抱快乐、顺利、轻松的时光，让这样的时光尽量长些、多些；以坚定、自信的心态去把握痛苦、苦难和有压力的日子，让那样的日子尽量短些、少些。人生总是在好好坏坏、对对错错、希望失落、庆幸遗憾之一切正反交替中前行。

年少不懂事，懂事不年少

年少者，血气方刚，爱幻想爱冒进，不知天高地厚，总认为外面的世界很精彩，总认为自己有能耐，可闯出一片天地来。也正因年少不懂事，有很多人怀着青春的激情和梦想，去闯荡社会，去尝试做多种多样的事情，去接触各种各样的人。尽管他们一路走去，是磕磕碰碰、跌跌撞撞的，但是他们却收获了有趣、多彩的人生阅历。经过年少岁月的折腾，人们懂得了很多事情，明白了很多道理，这时发现自己已不再年少，自己的精力、心力已大大减弱，也没有了更多的想法和期待，于是闹腾的心开始归于平和、平静、平稳，寻找一种不紧不慢的安稳的生活方式，来开启不再年少的岁月。在那懂事不年少的岁月里，人们做事会更四平八稳、瞻前顾后，做人更老于世故、安分守己，生命之河平稳地流淌，少了梦想的浪花，少了激情的波涛。也许这就是从年少不懂事到懂事不年少的必然吧！当然也有人把岁月的沧桑写在脸上，但是其依然是“年少不懂事”，依然怀着激情和梦想，继续行走在“年少不懂事”的路上，过着别样、有意味的人生。人只要始终不渝率真率性地走着自己的人生路，就永远没有年少不年少。

像花儿一样绽放

花儿盛开，总是惹人爱，人爱之亮丽、芳香；花儿枯萎，常会遭人弃，亦有人怜之，因其凋谢、枯黄。花儿一开一落本自然，人儿一触一景却生情。花无情，人有情。无情的花儿不知有情的人儿心思多，有情的人儿却知无情的花儿美不美。也许花儿自知美不美，因为它知道，只有让自己绽放，以其最亮丽的样子、最芳香的气味，才能吸引蝴蝶、蜜蜂来采自己的花粉，为自己传播花粉，孕育新种子，以另一种方式延续自己的生命，纵然凋零、枯萎、飘落，亦无怨无悔。我们也如花儿，人生有开有落。大家也何尝不是在黄金岁月里尽情释放生命之潜力和能量，来展示自己亮丽、精彩的人生一面？如果人不能在黄金岁月中尽最大努力来有所作为，就不会有收获，那就蹉跎了黄金岁月，甚是可惜、遗憾！人生是苦短的，生活是有限的，但我们的情怀应是无限的，我们的胸襟应是博大的，尽管日子会一天天过去，人生行程会一天天缩短，但我们也要像花儿那样让自己的生命绽放，让自己的人生亮丽、精彩，纵然也会像花儿那样凋谢、枯萎，也无怨无悔，因为我们毕竟来过、活过，体验过人间的滋味，享受过人间的美好。

将心比心，心怀仁爱

人总会有落难的时候。对他人的落难，千万不可有一态度，即幸灾乐祸，千万不可有一行为，即落井下石。落难的人，最怕见到他人的幸灾乐祸，最恨遭到他人的落井下石。幸灾乐祸，那会撕裂落难人的心。落井下石，那会压垮落难人的承受力。对他人落难，如果帮助不了，那就同情他、安慰他；如果帮助得了，那就拉他一把、助他一力。人与人要将心比心，心怀仁爱。假如有一天自己也落难，别人也对你幸灾乐祸，也对你落井下石，你又将有怎样的感受呢？想必一定是很难受、很伤心、很痛苦。在现实中，我们每个人都不可能保证自己永远一帆风顺、春风得意。我们都会遇到生活的坎、生命的坎，那时也是自己最无能、最无助、最无奈的时候，此时一定是最渴望、最希望得到他人的安慰和帮助。安慰，能抚平我们受难、受伤、受苦的心。帮助，能助力我们走出困境，迎来曙光。我们一定要对安慰自己、帮助自己的好人怀有感恩之心。人生有坎坷，需要互帮与互助。只要人人都有爱心、善心、良心，生活一定会和美，世界也一定会和谐。

在现实中的挑战

现实，永远不是平静的，它总是喧嚣的，总是未知、难测的。人们有时很想宁静地生活，可现实总会用敲敲打打来干扰；有时很想平和地生活，可现实总会用争争斗斗来破坏；有时很想自由地生活，可现实总会用条条框框来束缚。在现实中，永远不知道未来会发生什么事，也永远不会提前知道那发生之事对自己有何影响。有时人的心会被各种折腾的事搅得翻江倒海，有着说不出、道不明的滋味。现实总是让我们欲罢不能，总是让我们防不胜防，总是让我们忧心忡忡。无论现实怎样，我们永远生活在现实中。面对现实的强势，面对现实的未知数，我们该进还得进，该退还得退，该柔还得柔，该刚还得刚，尽力做到进退自如、刚柔并济。面对风云变幻、色彩斑斓的现实，面对令人目眩、令人迷惑的现实，我们在现实中，最重要的一点就是对自我的坚守和信心。守住自我的个性和思想，在现实中才不会人云亦云，随波逐流；守住自我的尊严和底线，在现实中才会昂首挺胸、平等相待。相信自己，才能去战胜一切，相信自己，才能去做最好的自己。

人生的错过和犯错

人生会有“两错”，一是“错过”，二是“犯错”。想一想，人生一路走来，是不是有不少的错过和犯错呢?错过了美好的姻缘，错过了理想的工作，错过了黄金的岁月，错过了美丽的景致……错过了不该错过的很多东西。犯了轻微的错，犯了严重的错，犯了可纠正的错，犯了难挽回的错……犯了不该犯的大大小小的错。错过的一切，每每想起，心中总是充满着无限的后悔和遗憾。而犯过的一切错，每每想起，心中总是充满着深深的自责和内疚。假如人生没有一次次错过，那人生的轨迹一定会按照人的心愿一路顺利延伸。假如人生没有一次次犯错，那人生的帆船就不会颠簸起伏。可是人生没有假如。错过和犯错是我们人生的必然。我们不可能精确地规划人生的每一步路，也不可能无误地把控人生的每一言行。对于人生的那些错过，就让它们一江春水向东流吧，就将错就错吧，现在重要的是把握好当下的生活，不要让当下的生活因为曾经的错过而再留后悔、再留遗憾。对于人生所犯的那些错，就让它们成为一剂剂清醒药，告诫自己要谨言慎行，不要再重犯错误，并尽量减少犯错，从而少些自责和内疚，多些轻松和开朗。

未来会如何

未来会如何，我们不能确切地知道，今天会是如何，我们却能真切地感受。未来，是一个个今天累积叠加而成的。有时我们会给未来画一个又圆又大的饼，并想未来一定会吃到这个饼，不免心花怒放，好不快意。于是认为今天的日子只要等待等待，迁就迁就，熬一熬，就可以了，在未来，自然而然就会吃到那个又圆又大的饼。不过，天上不会掉馅饼，未来是由一个个今天而来，今天会是什么样子，决定未来也会是什么样子，而今天会是什么样子，则取决于今天怎样做。如果今天的日子老是不公平，又一味地等待、迁就、熬一熬，那么未来也不会是公平的。如果今天的日子老是受压制、受压抑，又一味地等待、迁就、熬一熬，那么未来也会是受压制、受压抑的。如果今天的日子老是不如意、不顺心，又一味地等待、迁就、熬一熬，那么未来也不会是如意、顺心的。这些说明今天播下什么样的种子，未来就会收获什么样的果子。每个人都有选择今天过什么样的日子的权利。如果认为今天的日子适合自己，那就好好地过。如果认为今天的日子已不适合自己，那就调整、改变，使之适合自己。一年的 365 个日子，都平等地给予每个人。每个人都选择自己的生活方式，过着属于自己的日子。不论过得好不好、过得顺不顺、过得快乐不快乐，自己的日子一定要自己做主、自己珍爱。

梦世界里的别样人生体验

当我们迎来晨曦，开始一天的新生活时，是否会怀着一种感恩之心，感恩生命又让我们度过一个平安之夜？也许我们会觉得一睡一醒是很自然的，是很平常的，没感觉到生命的特别给予。是的，有这种感受也是很正常的，因为我们习以为常了。但是是否想到，当夜晚来临我们入睡后，那几个小时的时间里，我们放松自我、处在无知无觉的状态中，这时是生命在守护着我们？我们在沉睡中，进入了魔幻般超现实的梦世界，做着千奇百怪的梦，做着只有自己知道永不告诉他人的梦，做着日有所思的梦，做着妙不可言的梦，做着提心吊胆、如履薄冰的梦。每个人在睡眠中都会做着或多或少、或长或短的梦。很少有人在睡眠中不做梦的。在梦的世界里，生命给我们开启了一种别样的人生体验，在似真似幻中触动人的灵魂深处所思所想，感受和体验现实中难以企及的事情。有时我们会因为梦如真，硬是将自己弄醒，发现原来那是梦。有时我们会因为梦太合心意，不让自己醒来，还想一直做梦下去，最终醒来，发现是一枕黄粱梦。生命，它在白天以动态的方式激活我们的言行，让我们活跃在现实世界中；它在夜晚则以静态的方式，让我们睡眠休息，恢复生机，而同时又刺激我们的大脑神经，为我们营造似真非真、永远虚幻的梦幻世界，给我们带来不一样的人生阅历。当东方破晓，晨曦已至，生命又带着我们从睡梦中醒来，迎接新的一天的开始。这日夜交替，周而复始，年复一年，生命从未放弃，从未中止。只有感恩生命、尊重生命、爱护生命，我们才能好好珍惜活着的每一天，才能让自己走得更远更久。

做个地球村的好村民

世界很大，我们很小。世界多变，我们少变。世界用一张无形的巨网将我们每个人都罩在其中。世界有其自身运行的规律，有其协调一致的规则，有其约定俗成的规范。人们需要遵循世界之规律，遵守世界之规则，遵从世界之规范。世界潮流浩浩荡荡，顺之者昌，逆之者亡，乃永恒之定律。作为世界的一员，我们今天已住在了地球村，世界与我们紧密相连，我们亦与世界紧密相连。世界的风吹草动，像湖面吹起的涟漪，或早或迟、或快或慢、或直接或间接地波及、影响我们。在地球村里，信息高度发达，交通十分便捷，人们眼观六路耳听八方，好事坏事都传千里，酒香也不怕巷子深了。置身在地球村，我们不仅要面对周边发生的事，还要顾及远方发生的事；周边的事将直接影响我们的切身利益，远方的事将在不确定的时间影响到我们的某些方面。对于地球村发生的一切事，我们不可不关心，应以不变应万变来对之，对一些事了然于胸，对一些事未雨绸缪，对一些事泰然处之，对一些事置之不理。生活在地球村里，我们要熟悉村情，弄清自己的位置，坚守自己的方位；要考虑可能发生的变故，对此不惊不慌，沉着应对；要加大自我能力和实力的提升，做到不怕事也不惹事，做个有自我主见且有大爱情怀的好村民。

挥不去的乡愁

告别故乡的那一天，我站在村头小亭，远望那绵绵的群山，在群山的那边有我要回去的喧嚣的都市。回望我要离开的故乡，那翠绿的银杏树、樟树、松树和竹林构成绿色的海洋，村里的木屋、砖房散落在其间。不过，现在很多房屋都空无一人。从 20 世纪 90 年代开始，村中的人们就陆续搬走，有一部分搬到了镇里住，有一部分搬到不同城市里去了，只有一小部分人还留守下来。很多人都怀揣着各自的梦想、理想，离开了偏僻的故土，在他乡、在都市寻找自己的新生活。今天，村中那铺满鹅卵石的小路已是布满小草，傍晚已难见家家屋顶飘出的袅袅炊烟，清晨也只能听到两三只公鸡打鸣报早。故乡显得那么冷清，那么萧条。心中难免有一丝丝的悲凉。曾经的热闹，曾经的人气，曾经的繁忙，都已凝固在曾经的岁月。想想又要离开故乡，不知什么时候会再回来，心中不免有些难舍。不过走得再远，离开得再久，故乡的一切都已烙印在我们这些游子的脑海里。我们会时不时回忆、回味。纵有千般不舍，也要与故乡告别。于是，离别之际，我用眼装满故乡的起伏山峦、翠绿树林、古色木屋、弯曲小路、流淌小溪，用耳装满故乡的鸟鸣声、溪流声、松涛声，带走故乡的清风、云朵，带走故乡的甘甜、美好。当我回到喧闹的都市后，我把在故乡所装满的那一切都好好保存在我那心灵的田园里，让它们来慰藉我的乡愁，让久居都市的我不要忘了来的路，让自己始终怀有对故乡眷恋的情怀。

生命不在，一切都是无

人最大的事情是什么？是活着。人不在，一切都不在。没有人会轻易将自己生命舍弃的。一个人若是主动放弃自己的生命，他一定是得了严重疾病，痛不欲生，或者是外在压力超过心理承受临界点，或者理想与现实发生严重冲突，理想幻灭。有些人告别这个世界是因突发性因素所致，自己毫无准备，突然走掉。很多人告别这个世界，都是因为得了重病，无药可救，对死充满无比的恐惧，对生充满无比的难舍。当然也有人平静地等待那一刻，不过知晓那一刻要来临之前，大多数人都会潸然泪下，谁也都不愿意就这样离开，好想时光倒流，让自己再活一回，可惜人生就只能走一回。想到生死一瞬间，就感到与死相比，生活再苦再累再忙再烦又算得了什么？活着，意味着自己生命之河依然在流淌，生命之声依然在奏响，每天都将迎来日出、送走日落，都能享有生活点点滴滴带来的感动和美妙。活着，关键一点就是要让自己心中永远充满阳光，这样才能照亮心灵空间的每一角，不再留有阴影，不再存有阴暗，从而让心灵洁净、透亮，让心胸开朗、豁达。活着是硬道理，阳光心态，让活着更亮堂、更明媚。

多样的生活，不一样的感受

无论我们对生活乐观，还是对生活悲观，我们都得生活下去，都得面对生活的一切。生活并不容易，会有无可奈何的叹息，会有伤心的哭泣，会有莫名其妙的焦虑，会有接二连三的压力，会有许多意料不到的冲击，这一切都是我们生活不可避免的构成。我们大家都是蛮勇敢、蛮坚韧地生活下去。我们对生活的抗压能力既是一种本能，也是自身意志的使然。其实，生活就在我们每天一呼一吸、一睡一醒之中，就在我们每天一言一行、一举一动之中，就在我们每天为一日三餐奔波劳碌之中。我们的生活总在我们在意不在意、自觉不自觉中从身边不慌不忙、不急不慢而过。有时，生活会让我们度日如年，因为我们所遇到的一些烦人事、常让人心急如焚、如坐针毡；有时生活会让我们如白驹过隙，恨不得一小时变两小时用、一天变两天用，那是因为我们要做的事，有不少是很要紧的或是很有意义的，让人应接不暇；有时生活会让我们感叹有些东西踏破铁鞋无觅处，有些东西得来全不费功夫，一切的得失、一切的恩怨皆有定数；有时生活会让我们赞叹人间处处有芳草，天涯何处不逢君，世间的美好常会有。生活犹如中国深深之庭院，只有怀着观赏之心、好奇之心以及细心、耐心，慢慢走进去，才能见到里面的精彩和美妙，才能为自己不虚此行而庆幸和欣慰。

每个人拥有的空间和时间

从天地之间来看，我们是非常渺小的，可以忽略不计；从时间长河来看，我们逗留的时间也是非常短暂的，也是可以忽略不计的。而对于我们个人来说，我们却是顶天立地的人，我们的一生却是要用分分秒秒、日日夜夜、年年月月来度过的。我们每个人都拥有自我天地，都拥有时间长河。在自我天地中，我们的生命活动之空间的大小，取决于我们是否成为自我命运的主宰者，只有成为自我命运的主宰者，我们才能自由自主地拓展自我生命活动空间，释放出自己的生命热量和潜能，让自我天地宽阔无比、生机盎然。当然，我们要成为自我命运的主宰者，并不会一帆风顺，会有外力施压甚至阻挠，但是只要我们努力追求，勇于实践，定会成功。来自每个人不同的小我天地，构成了人类的大我天地，而只有每个人的小我天地都宽阔无比、生机盎然，人类的大我天地也才会宽阔无比、生机盎然。人类的天地与大自然的天地相互并存在宇宙之中，而人类的大我天地只有与大自然的天地和谐共处，人类才能永存下去，否则大自然的天地将吞噬人类的天地。在时间长河中，我们是航行的掌舵者，行程有多长，用时有多久，都是由自我把握和掌控的。每个人航行的行程、用时是各不一样的。有的行得远、行得久，有的行得近，行得短。无论航行的行程、用时如何，关键的是我们对待时间的态度。当我们惜时如金时，就会抓紧时间、用好时间，在有限的人生时间里去做些有趣、要紧的事，特别是做些有益于大众的事，让自我人生在时间长河中画出一道美丽的弧线。这不仅是对自我的安慰和奖励，同时也给大家留下美好的印记。纵然有一天我们消失在天地之间、时间长河之中，我们也会带着美好的回忆、无尽的回味坦然而去。

关心、爱护、珍惜自己

在这个世界上，最关心我们的人、最爱护我们的人、最珍惜我们的人，不是别人，应是我们自己。也许大家会说父母、老师、朋友等亲人好友都很关心、爱护我们。是的，他们的确对我们关心、爱护，对此我们对他们应怀有感恩之心。没有他们的关心、爱护，我们在这世上是很难生存、很难立足、很难发展的。但是他们的关心、爱护只是一种外在性给予，也就是相对我们自身来说，他们对我们的关心、爱护是外力作用，这种外力作用是可以消失的，这是一种阶段性过程，也就是他们会在一段时间里对我们特别关心、爱护，可能过了一段时间就会逐渐淡化；这也是一种可变性行为，也就是他们可以根据自身情况而改变对我们的关心、爱护。也正因此，关心自己、爱护自己、珍惜自己，只有我们每个人自己，才能自始至终做到。在这世上，我们每个人都是独一无二、不可再生，都是只走一回、不再回头，因此我们必须要最关心自己、最爱护自己、最珍惜自己，千万不要让自己身体被累垮、心灵被压垮、性命被拖垮。对世上的一切要想开，想不开也要逼迫自己去想开，只有想开世上的一切，才能更明白自己身体来之不易，更看重自己活着的每一天，才能放下得失、恩怨之一切包袱，以空灵般的心态心境去拥抱每日晨曦和余晖。关心自己、爱护自己、珍惜自己，让人生每一步每一脚印都走得有力，走得踏实。

想念、牵挂，被想念、被牵挂

多少回在梦里把你寻找，总期待在梦里与你再次相遇。那一夜，我在梦里终于与你相遇，你依然是我记忆中的你，你的笑容依然不变。可是在梦里我一直想倾听你对我说什么，你却一直未开口，我也一直努力想对你说什么，可一直说不出来，我与你只是默默对视、手拉着手，这样的时间好短，不一会儿你就消失在梦里，我在梦里努力寻你，却再也寻不到。梦醒时，发现泪已盈满双眼，那泪也许是为久居心中的想念、牵挂而流的吧！擦擦眼角的泪花，定定心神，摸摸额头，让自己清醒一下，真切感到那是梦，不是现实。我不知道你在何方，也不知你在做啥。也许你我相隔天涯海角，也许你我就近在咫尺，不管怎样，我们却再也没相遇过。不过，人生何处不相逢，也许某一天、某一地，你我真的相逢，那时你我都会打开话匣子，说说别离后自己所过的日子，再忆忆曾经相处的日子，一起慨叹时光的流逝和无情，一起抒发人生的艰辛和不易。聚散离合，各走各的路，各过各的日子，也许这是我们所共同面对的人生境遇吧！说实在的，我们每个人在一生中遇到的人、相处的人越多，聚散离合的人也就越多，想念牵挂的人也就越多。没有不想念不牵挂的人，也没有不被想念不被牵挂的人。大家彼此想念牵挂，难忘那份情谊、难舍那份情缘。想念、牵挂，被想念、被牵挂，人的情感世界总是这样丰富而深沉。

月圆月缺，人聚人散

一轮明月顶空照，皎洁月光洒满地；秋风习习凉意浓，中秋之夜愁绪多；家中亲人思游子，异乡游子念家人。少年不懂离别味，闯荡天涯走四方；阅尽世间沧桑事，方知故乡最亲切。久居他乡少回乡，陌生他乡变故乡，他乡生人变熟人，游子心思谁能知？早知亲人再聚难，悔不当初放人走；心中牵挂日日夜，遥盼亲人多团聚。月圆月缺皆自然，人聚人散亦常态；留家守业是生活，离家创业亦生活；身居何处不要紧，平安幸福最重要。人生几何过眼云，身外之事做不完；亲人相聚事中事，亲情温馨乐中乐；天下游子常回家，千家万户团圆欢；杯中酒香溢满堂，人生欢笑永驻心。

2018 年中秋节感怀

学习有三层目的

人在其一生中都在不断学习各类知识。学习贯穿人的一生之中。人学习有三层目的。第一层通过学习，从爬行、不会讲话到站立、会讲话，完成了人生的第一次跨越；第二层通过不断学习，掌握谋生的本领和技能，使自己能立足于社会，实现了人成为社会人的重大转折；第三层通过深入学习，培养自己独立思考的能力，使自己成为能明辨是非、分清美丑、判别真假的理性人，这种理性人是人走向自由、独立和拥有尊严的必由之路，这第三层学习成就了人生和生命的至高至上境界。在现实中第一、第二层学习是大多数人都能且都应当和必须要去做的，否则人就很难活在这世上、立在这世上。至于第三层学习，说难也不难，说易也不易。说不难，是说大家只要努力、用心去做，都能做到。说不易，是说大家还得有坚强意志、顽强毅力、恒久决心、持久耐心，才能够在深度学习中让自己的思考更具自主性、独立性，从而更能判断、分析、解决问题。不断学习、深入学习，拥有独立的思考，拥有自主的思想，不为别的，只为自己不失去行走的独立，不失去做人的尊严，不失去高贵的灵魂。人生再苦再短再难，都不应是让自己委屈生活的理由，更不应该让自己活在别人的影子之下、活在别人的思想之中；也正因为人生又苦又短又难，才更应当坚持自己的思考，坚守自己的思想，自觉地捍卫自己的人生路，自信地行走自己的人生路。

为今生今世而活着

每个人都是独立的生命体，都是有血肉、有灵性、有思想的活生生的人。假如有一天要用某一思想去统一大家的思想，大家都只用这一思想，放弃自己的思想，大家是不是觉得很省心很省事？可是到时大家也就都会变成了没有个性、没有灵魂的傀儡，这样的人生还有活力、还有朝气、还有乐趣吗？有时想想那是多么可怕的事情。想必大家都不愿意放弃自己的思想吧！人生就那么短，一晃就过去。做自己虽难，做最好的自己虽更难，但它们却是我们要努力和坚持的。因为我们在世上活着不做自己、不做最好的自己，不仅浪费自己的有限时光、有限生命，而且我们永远也没有第二次机会重做自己。今天，向前发展的时代、日新月异的社会、畅通无阻的信息，让我们的视野更趋于开阔，让我们的认识不断深化，让我们的思维更持续开放，而这些都将促使我们正视自我的存在。我们的存在是父母给予的，而不是别人的施舍，是我们与生俱来的作为独立生命体而存在的，任何人都不能剥夺我们存在的权利。我们要正视自己是作为有个性、有话语、有灵魂、有情感、有思想的人而生存在这世上，要明白我们活在这世上不是来挨打、挨骂的，也不是来受压制、受压迫的，更不是被剥夺话语、权利的，而是大家都能平等相处，宽厚待人，彼此尊重，大家都能自由地用自己的眼睛、耳朵、头脑去看、听、思考我们生存的世界，大家都能有机会表达自己的利益诉求，有机会获得自己的发展空间，有机会做出自己的社会贡献。理想是美好的，现实是骨感的。不论理想与现实有什么样差距，我们都应正视自我的存在，珍惜自我的存在，捍卫自我的存在。我们，世上唯一的我们，活在当下，各有各的命运，各有各的归宿。不为永生永恒，只为今生今世；不求荣华富贵，只求平安健康。尊严地活着，快乐地活着，拥抱所能拥抱的一切，享有所能享有的一切。

雨，与你常相遇

春雨、夏雨、秋雨、冬雨，四季的雨总带给我们不一样的感觉。春雨，总是那么羞涩，不轻易落下，一落下则是春雨贵如油，一场春雨一场暖；夏雨，总是那么暴烈，来去一阵，痛痛快快，让人舒坦；秋雨，总是那么缠绵，伴着瑟瑟秋风，带着阵阵凉意，滴落在相思人儿的心坎上，秋愁秋怨，剪不断理还乱；冬雨，总是那么厚重，那寒意，那刺冷，拍打在脸上、触碰在手上，穿越肌肤神经，给人刺骨透心的沉重感。细雨、小雨、中雨、大雨、暴雨，我们一生总要遇到这五种雨。细雨，无声无息，如柳絮轻轻飘逸，轻拂脸颊，无知无觉，却让人心中有一种痒痒的快感；小雨，就像天下落下的无数小珍珠，纷纷扑向大地的怀抱，润泽了久旱的田野；中雨，就像匆忙赶路的人，急匆匆地从天空往大地赶回，想再次拥抱江河湖海；大雨，就像发脾气的小孩子号啕大哭，一直不停，让人心烦意乱；暴雨，犹如人站在高处，往下倒大盆之水，来势凶猛，流量巨大，让人怀疑天塌下来了。听雨、看雨、淋雨、避雨，我们一生总要以这四种方式应对天上落下的雨。听雨：下雨天时大多是在室内听到雨声，才发现外面已下雨，那小雨声如细语般，那中雨声却如泣如诉，那大雨声就像人们大声呼喊般，那暴雨声如天落瀑布咆哮般，雨声是大自然赐给人类的多变的和声；看雨：下雨天站在窗口往外看落雨，那是一种观赏心态，行进在雨中看雨，那是一种焦虑心态，雨天看落雨，人人心态各不同；淋雨：下雨天有时忘带雨具，轻微被雨淋，常是略湿头发和衣裳，而重重被雨淋，则是淋得像落汤鸡，好不烦人；避雨：下雨天没有人不去避雨的，没事的就在室内避雨，有事就带着雨具来挡雨，怕的是被雨淋湿而生病，怕的是被大雨、暴雨所伤害。雨啊雨，你让人期待，又让人焦虑，你让人靠近，又让人远离，你让人欢喜，又让人忧愁。雨啊雨，一生一世常把你相遇，你的飘逸、你的柔顺、你的豪爽、你的粗犷，让我们永远拒绝不了你的一切。雨啊雨，愿你能洗涤、冲刷掉世间的一切尘埃、污垢，给世人带来清新的生活天地。

老年，落笔人生的最后一章

时光带不回我们的童年，却一直带着我们奔向老年。从童年迈向老年，是人生的必然，也是人生的两端。童年是人生的上坡，是人生的日出，老年是人生的下坡，是人生的日落。上坡下坡，日出日落，大自然如此，人生亦如此。童年的生活，总是在不知不觉中度过。那时的日子，只有玩耍、读书，过得单纯；没有太多的人生阅历，也没有很深的生死概念；每天感觉就像日出那样，都是清新、阳光的一天。当岁月慢慢累积后，我们就渐渐迈向老年，一旦步入老年，人生就开始倒计时。也许是因为经历岁月沧桑、懂得生死之别，老年的生活多了一份沧桑感，多了一份生死恋。如果把人生比作一本书，那么童年就是写下人生的第一章，这一章是以轻松的笔触来写懵懵懂懂的岁月，在这一章里写满了好奇幻想、天真烂漫，充满了童真童趣、无忧无虑；老年则是落笔人生的最后一章，这一章是以凝重的笔触来写落日余晖的日子，在这一章里写有余热依然散发、余光依然闪耀，洋溢着只争朝夕、充实每一天的格调。尽管我们知道再也回不到童年时光，但是我们的心依然留存童年时光，依然怀念那心灵自由涂鸦的童年，怀念人生最美好的无拘无束的日子。尽管我们希望时光永远停留在童年，但是我们依然挡不住时间前进的步伐、人生向前的定律，老年终将如期而至。老年是我们人生善始善终的最佳体现，是对我们度过完整一生的最高奖励。既然童年标出了人生的第一个逗号，那就让这一逗号永远刻在心中，好好珍藏。既然老年是要画上人生的句号，那就让这一句号能画得圆满。

从生走到死，人类不变之定律

人最忌讳、最害怕、最想躲避、最不愿提起的一个字，想必就是“死”字吧！死，意味着人的生命终结，永远告别人世间，永远消失在宇宙中。死，其实是每个人都必须面对的，是每个人的最终归宿，也是每个人的殊途同归。人总是从生走到死，这是人类不变的定律。从生到死这个过程，大家无论走得怎么样，也无论用时有多长，其终点、目的地都是一样的。人到达这一终点、目的地有两种情况。一是意外，出乎意料，毫无准备，就突然到达目的地，逝者本身亦不知道有这么一天，生者更是感到震惊、不解；二是自然，因病而走，因老而走，逝者和生者心理都有准备，逝者虽有不舍，走得亦安然，生者虽有难舍，心理亦接受。有时每每想到人会死，就有看空一切、想开一切之意念，因为死是对一切的完结，它让一切都变浮云，让人努力的一切、拥有的一切都化为零。面对死，没有人不害怕，没有人不远离，要不然就不会有贪生怕死之说。死，可以看作是对人最残忍最霸道的惩罚，也是对人最重和最后的惩罚。为了让这一惩罚姗姗来迟，人所要做的就是要珍惜、充实生的每一天。尽管一切的努力、拥有终将化为零，但是在生的每一天依然要为自己过得好、过得自在、过得有尊严、过得有意义而打拼，因为生命之花的要义就在于它努力绽放盛开的过程之中，只要灿烂、绚丽过，纵然枯萎、飘零，也是值得的，也是无悔的。

学会改变自己，立足世界

我们有时会听到这样的一句话：改变不了世界，那就改变自己。这句话还是蛮有道理的。世界之大之广之复杂，凭个人一己之力是很难改变的。改变不了世界，那就改变自己，这句话显示了人对世界的无奈和人对世界的策略。我们个人很难改变世界，使之变得理想、变得适合自己，这不仅是因为我们个人力量有限，同时也是因为世界有自己的运行规律。我们既然改变不了世界，那就改变自己，使自己更好地立足世界，发展自我。改变自己，不是向世界投降，也不是向世界跪拜，而是要让自己与世界保持一定距离，同时使自己的内心坚强有力起来，使自己的行为更有理性更有原则。要知道世界总是那么强大、那么残酷、那么喧嚣，我们必须正视、应对这个世界。学会改变自己，就是要让自己既不脱离于世界之外，又不深陷于世界之中，改变自己不合时宜的想法和做法，努力让自己保持一份清醒和一份定力，使自己在立足世界时不失自我个性和品格。当然要改变自己不是一件容易的事情，因为人们长期养成的思维定式和行为习惯会产生一定的阻碍；也不是每个人都愿意去做且都能做成的，因为每个人在现实社会中其处境各不相同，其想法也各不相同，其作为也各不相同。如果认为这个世界不理想不美好，而自己又改变不了这个世界，那就学会改变自己，让自己有所作为，有所收获。

做人做事要坦荡要安然

人活在世上，就是在做人做事。做什么样的人，做什么样的事，每个人都有自己的准则，自己的决断。不过，人在做人做事时，有一点须切记，就是“人在做，天在看”。这是一句大家耳熟能详的俗话。人在做人做事时，若不切记“人在做，天在看”，常常会放松对自我的约束、克制，甚至会变得目中无人，狂妄自大，做出悖理的事情，不管他人疼痛，不管他人受伤，并自以为所做一切，是神不知鬼不觉，好不得意。当然，可得意一时，却难得逞一世。时刻切记“人在做，天在看”，就会给自己画出道德底线，谨言慎行，守规守矩，以礼待人，以理服人，做人坦坦荡荡、清清白白，做事堂堂正正、干干净净，每天吃得香，睡得甜，人生岂不快哉、乐哉？永远切记“人在做，天在看”，唯有此，方能心坦荡、心安然，行得稳，行得远，行得久。

人生如酒，当下要痛饮

人生如酒，无论是苦酒，还是甜酒、酸酒，都是自酝自酿，也是自斟自饮。走在人生行旅上，人用自己的一步一脚印、一言一行来酿造自己人生的酒。至于酿出的是苦酒，还是甜酒、酸酒，每个人都不能做出精准的把握和确定。有时原本可以酿出好酒的，一着不慎，却把好酒变成坏酒。有时没有想要酿出好酒的，却因为时机把握正确，而酿出意想不到的好酒。无论我们酿出什么样的人生酒，第一品尝者都是自己。而那酒中的滋味，也只有自己才能真切地感受。人生如酒，何不痛饮、高歌，让生命在当下欣然释怀、豪放奔流？回望来的路，一切皆往事，无论得意也罢，辛酸也罢，无论欣慰也罢，酸痛也罢，过去的一切已留不住，追不回，改不了。不必为来的路是对是错而纠结，也不必为曾经的得与失而计较。展望去的路，难把握未来的一切，有时心里想得再美再好，也不能如愿以偿，而蛮失落，蛮伤感。有时心不在焉，看淡看轻，却收获意外的惊喜和感动。其实，人生之路都是用当下的脚步一步步走出来的。活在当下，真切实在。人生如酒，就是要当下痛饮，当下高歌。尽情舒展性情、放飞心情。不为浮云遮蔽眼，不为虚名迷心窍。活得真实，活得痛快!

伤痛相伴人生旅途中

我们一生总要经历大大小小的伤痛，也可以说我们一生是从大大小小的伤痛中走过来的。有些伤痛是心灵的，有些伤痛是肉体的；有些伤痛是一带而过的，有些伤痛是一直留存的；有些伤痛是自己寻找的，有些伤痛是别人造成的；有些伤痛是意想不到的，有些伤痛是注定有之的。无论什么样的伤痛，它们都真真切切地落在自己的身上，自己遭受着、承受着、感受着、忍受着。我们总希望人生没有伤痛，过着无伤害无痛苦的一生，那是多美好、多惬意的人生啊。可这一切只能永远在我们的梦境里。只要我们还在人生旅途上行进，伤痛依然会在前方等着我们。我们不会因为伤痛而停止人生前进的步伐。俗话说："兵来将挡，水来土掩。"来什么样的伤痛，就用什么样合适的办法、策略加以应对、克服、战胜。对不同的伤痛，采取不同的疗法。有些伤痛用物理疗法，有些伤痛用心理疗法，有些伤痛两者兼而用之。走出伤痛，最终只能靠自己，因为只有自己才能真切感受伤痛之深之苦，才能依靠自己之力点点滴滴去克服、去战胜。人生之伤痛，虽然不可避免、难以阻止，甚至防不胜防，但依然要多加小心，多加提防，尽量避免，尽量减少。一旦遭遇伤痛，也不必抱怨，因为该来的终将会来。不论那伤痛是人生的一次考验，还是人生的一种警诫，抑或是人生的一种惩罚，都要让自己在伤痛中坚强起来。在这世上，受伤的是自己，疗伤的是自己，拯救自己的更是自己。善待自己吧，让自己的分分秒秒少受伤痛，多些宽慰。

一本人生的书就是一个世界

我们人生的书总会在某一天某一刻合上，这不免令人不舍、遗憾，这亦是无可奈何的人生必然。既然人生的书终究会合上，何不认真地写，多写些有声有色的内容，多写些精彩出彩的内容？其实，一本人生的书就是一个人用一生心血构筑的一个世界。这个世界是否亮丽、耀眼，取决于作者是否用心、用情、用力去写。不论写成什么样的人生的书，这本书一定是要自己写的，是别人替代不了的，也不应让别人替代来写。有时写得太累、太苦，很想有人能替代来写，可是又有谁能来替代呢？最后也只有自己咬紧牙关继续写。在大千世界里，每个人都千差万别，各有各的特点，各有各的长短处，因此每个人的人生的书也都各不一样，有的薄些，有的厚些，有的内容丰富，有的内容单一，有的风格突出，有的风格平庸，有的耐看，有的只能粗看。无论大家写的是什么样的书，只要是自己认真、细致地写，只要是写出自己的个性、风格，就算有一天把书合上，亦无遗憾、后悔，亦感安然、欣慰。愿每个人都有一本令自己心满意足、令他人赏心悦目的人生的书。

一路走得又苦又累

人活着，有时想想蛮可怜的。为了站立起来，不知幼小的我们经历过多少次摔倒。为了学说话，不知受过多少次大人训导。长大后，在学习的路上，为了一次次大大小小考试而努力准备，每次考试都为成绩而焦虑，考试的每次失败都带来失落的情绪。在谋生的路上，为了找到合适工作而奔波，找到工作后小心翼翼来干活，为了有口饭吃、有张床睡，受委屈也得忍，受怨气也得吞。有了家庭，不再孤单一人，与人生的另一半总是在磨合中相伴而行，常是床头吵床尾合，常为酱油米醋而忧，为锅碗瓢盆而愁。有了孩子，好像又重新演绎自己的人生，此时自己是以父母辈身份，来为孩子操碎心，怕孩子长不大，又怕孩子长大不独立，又忧孩子婚姻大事。随着岁月的流逝，我们渐渐变老，我们的身体器官也慢慢耗损，我们的免疫能力也大大减弱。而在这过程中，疾病总是时不时侵入我们脆弱的身体，折腾我们、折磨我们，有时让我们苦不堪言，有时让我们痛不欲生。当我们蓦然回首，发现来的路，走得又苦又累，真是蛮可怜的。也许这就是我们活在这世上躲避不了的命运，也是我们活下去的必然代价吧！愿前半生的苦与累，能换取后半生的好与顺。

做个有信仰的人

什么是信仰？信仰是人对崇高理念、目标的至死不渝的相信和仰望。有信仰，就有底线，因为他懂得什么可为、什么不可为；没有信仰，就没有底线，因为他不知界限在哪里、分寸在哪里。有信仰，就有敬畏之心、守规之心，因为有信仰，他会遵循信仰的内在约定，而让自己言行不违背信仰，谨言慎行；没有信仰，就会变得无畏，甚至变得无耻，因为没有信仰，他心中就无戒律，就会对一切无所谓，有时更会不择手段损人利己。也许有人会说，我没有信仰不照样活得好好的？有信仰的还不如我活得好。的确，有信仰的人并不意味着他们每个人都活得好好的，也并不意味着他们每个人都不会犯错。但是有信仰的人，一定会拥有自己的精神家园，一定会深耕自己的心灵田园。他们会知道人生的要义和作为，会懂得为自己的理想目标打拼。有信仰的人在现实社会中也许会是痛苦者，因为他会因理想和现实的落差而焦虑，会为自己不能改变非理性、非理想的某些现状而忧心；也许会是孤独者，因为他因坚守自己的信仰，走自己的路，而不被他人理解，甚至是被他人误解。无论如何，做个有信仰的人，会让自己的心灵空间始终照耀着灿烂的阳光，会让自己始终站在高处眺望充满诗意的远方。

活下去是王道，活得好是霸道

生死之问，人类永恒之问；生死之思，人类永恒之思；生死之困，人类永恒之困。每每想到生死，总不免唏嘘不已、感慨不已。早知有死之时，何必有生之日？可每个人之生都不由自己来决定，那是父母把我们带到这个世上，而我们常常被告诫要感谢父母的养育之恩，没有父母就没有我们的人生阅历和体验。的确如此，没有父母，哪有我们的今生？不过，我们在感恩父母的同时，是不是有时也会抱怨父母为何要生下自己？如果不生下自己，自己就不会遭受人间的罪与苦，也不会承受人间的生死之别。可是我们所面对和遭遇的这些也传递给我们的孩子。人类就这样一代又一代在生死轮回中延续着。我们何时生，不可选择；我们何时死，亦不可选择。生命无常，谁也不能在生之时，就预知死之那刻。生与死，是我们阻挡不了的命运安排。从生到死，是我们改变不了的人生行旅。人，一旦落在这世上，就难以逃脱生死之问、生死之思、生死之困。在生与死之间，就是我们的活着。在现实中，无论我们遭受什么样的苦和累，也无论我们承受什么样的伤与痛，活下去就是王道，活得好就是霸道。只有活着，才能笑看人间风云，笑对人间冷暖，笑拥人间真情。活着吧！好好活着吧！让生死由天由命去吧！

每个人的烦恼和忧愁

生活不容易，每个人都有来自社会和自身的烦恼和忧愁。在现实中，每个人都是社会中人，都要面对复杂、多变的社会大环境。社会的跌宕、激荡等都会冲击、影响每个人的思想和行为。尤其是那些社会的不公不平更是造成每个人烦恼和忧愁的社会根源。社会不公不平总是或多或少或直接或间接地侵扰人们的正常生活，伤害人们的身心健康。人们对社会不公不平不会无动于衷，心中总难免会产生或多或少的烦恼和忧愁，烦的是社会不公不平难铲除，恼的是造成社会不公不平的那些人与制度，忧的是社会不公不平对自我的困扰，愁的是社会不公不平对自己的损害。尽管社会不公不平依然存在，依然带给人们不尽的烦恼和忧愁，但是我们并不是无所作为，我们可以呐喊，可以行动，尽自己之力，来减少社会之不公不平。正如常言所道："雪崩之下，没有一片雪花是无辜的。"但愿人人都怀公正公平之心，行公正公平之事，人人也就少有来自社会之烦恼和忧愁。

我们每个人都生活在特定的环境中，都有自己的人际关系，都有自己的生活圈。人与人之来往、相处，总难免会磕磕碰碰，甚至争争吵吵，常常会不顺心、不合意，也就时不时会有烦恼和忧愁。人又总是有想法、有追求，特别是人对名利的追求总是或多或少有之，这亦正常，谁不希望自己能有个好名誉，谁不渴望自己能获得利益？不论是进取心也好，还是虚荣心也罢，人永远有对名和利的向往和追逐，只不过是每个人向往和追逐的程度不一样而已。而人来自自身的最大烦恼和忧愁应当就是对名利的追求吧。对名利想得多、要得多，烦恼、忧愁也多。人最潇洒、最自在的时候，应当是人看淡、抛弃名和利的时候。但是又有几个人能做得到呢？烦恼和忧愁，注定是与我们相随一生。我们只能努力去减少烦恼和忧愁。那就不妨对事多多想得通，对人多多看得顺，对自己多多静得下心。

寻找真实的自我

人生太匆匆。很多事等到我们明白、醒悟时，已是时过境迁，物是人非，而那人生也已过了大半行程。回眸那些年那些事，它们是不是蹉跎了不少的岁月，是不是耗费了我们不少的心血？假如那些年没有那些事，人生也许会走得很顺、很好。可是人生没有假如，那些年那些事终究是打印在人生的行程上，不可更改，难以磨掉，它们所带来的苦楚、酸痛，也只有自己知晓，自己承受。不免叹息岁月的无情，人生的无奈。人生真的太匆匆。时光总是在我们不经意、不在乎中悄然溜走。有多少往事可堪回首？有多少往事可值回味？无论那些年那些事如何，今天都不妨放慢前行的脚步，截一段舒缓的时间，筑一片宁静的空间，理一理纷乱的思绪，梳一梳杂乱的心情，好好反观一下自我，静思一下自我，特别是好好寻找一下真实的自我。可是真实的自我又在哪里呢？在这喧嚣、喧闹的世界里，我们常常身不由己地为习俗为习惯所牵制，为欲念为诱惑所困扰，忘记了自我，迷失了自我。也许我们只有放下生活的重担，放弃名利的追逐，才可能去拥抱没有矫情、没有虚伪的真实自我。拥抱真实的自我很重要吗？有人也许认为不重要，因为人生苦短，得过且过、今朝有酒今朝醉吧！何必在意自我的真实与否呢？有人也许认为很重要，也正因为人生苦短，才在意自我的真实，别让自我此生虚行，尽量克服内外困扰，让自我活得真实些、自在些，让自我的情感和思想不压抑。每个人因其处境不同、心境不同而各有各的人生态度、人生理念、人生目标。人各有志，是否拥抱真实自我，那就让我们大家自主选择吧！

与自己同行的人

有时会产生一个念头，就是想去看看那些好久未见一面的熟人、友人，看看他们是否还记得自己，认得自己，看看他们现在的生活和现状，回忆一下曾经相识相处的日子。可是，这个想法，常常被自己否定掉。因为没有时间，要忙着自身的生活和工作；也没有机会，很多人都已失去联系，不知他们在何方；也没有决心，怕打扰他们，他们会愿意相见吗？那现在讲了这么多不是废话吗？的确是些废话。但是人有时就是会有一些怪怪的想法，也许那是人的思想情感复杂所致吧！之所以会想见好久未见的熟人、友人，是因为有时自己在静思人生行旅时，不免会想到同行者，是他们让自己的人生不寂寞且多彩。我们人生每个阶段都有与自己同行的人，他们都是自己人生行程中的贵客，不是吗？在茫茫人海中我们能相遇相处多少人呢？可以说很少很少。在我们人生不同阶段都会有不同的同行人，这些同行人给我们人生每一阶段都带来不一样的人生感受和体验。不过走着走着，大家常常因各自的行程和方向不一样而分手别离，从此天各一方，天涯海角。与他们同行的那些日子，有说有笑，有喜有乐，有时亦有磕有碰，有闹有吵。不论怎样，那些日子都是自己人生美好的遭遇和难忘的插曲。而人生行旅正是因这些遭遇、插曲，才让我们人生一路前行有那么多的回忆、回味，让我们的心灵世界留有许多的感动、感悟。真的好感谢与自己同行的每个人。远方的你，也许我不会想起你，不记得你，也许你也不会想起我，不记得我，那都没有关系，只要我们曾经共同拥有那些日子，此生就足矣了。远方的你，也许我们还会相遇，也许我们永不相见，无论怎样，愿我们的未来，都将一切安好！

坚守自己

世界，如万花筒，色彩斑斓，千变万化。人们对世界永远只知其一，难知其二，只懂一点，难懂全部。人只居住在世界一小角落，所到有限，所见有限，所听有限。既然有限，就不必去追那些可望而不可即的事与物。有时安分守己不失为一种生存之道。走自己的路，过自己的日子，负自己的责，做自己的事，做个坚守自己的人。这不是孤芳自赏、孤家寡人，也不是自恋，而是要让自己不放弃自我，不迷失自我，让自己留一份独立，留一份清醒。做个坚守自己的人，在现实中，其实是蛮不容易的。外面的世界总是很精彩也很无奈，他人的生活总是很多彩也很诱惑。面对这些，人们常常会身不由已地随大流、随大势，在现实世界中寻寻觅觅、冲冲撞撞、吵吵闹闹，在现实生活中忙这忙那，追这追那，比这比那。人们常常为现实所困、所累、所痛，这也许是大家的状态和心态吧！也正因为如此，不妨与现实保持一段距离，寻找现实与自我之间的平衡点，让自己的路走得更好些，用坚强的定力、坚决的意志，来坚守自己。人生只有几度春秋，走得再远的路，见得再多的景，遇到再多的人，做得再多的事，终究是空空来，空空去，唯有做好自己，善待自己，才对得起自己的人生。

我们来的路，都已安排

人的一生有三个永远不可改变：一是出身家庭，二是出生的地方，三是出来的性别。我们出身什么家庭，在没来到这个世界时绝对不知道，来到这个世界后，我们知道了，也永远改变不了。我们出生在什么地方完全决定于母亲当时生下我们所在的地方，这个地方就是我们的出生地，这个出生地，我们也永远改变不了。我们的男女性别是由父母染色体所决定的，当我们从娘胎出来时，所拥有的或男或女的性别也永远不可改变。这三大不可改变在很大程度上决定了每个人的不同命运、不同人生。俗话说“龙生龙，凤生凤，老鼠的儿子会打洞”，说的就是家庭对人的影响，有家庭出身论之定调。其实，家庭对人的影响，的确是第一要素。有什么样的家庭就会为人的成长提供什么样的家庭条件和环境。每个人的成长起步因家庭条件不一样而呈现出不同的状态，并影响乃至决定未来的人生走向。人的出生地往往是人最初成长的地方，也是很多人终其一生的地方。俗话说“一方水土养育一方人”，不同的地方有着不同的自然环境、社会环境、人文环境，而这些环境造就了不同地方人的不同思维、性格、心理，进而影响不同地方人的言行。也因为这样，人们因出生地、成长地不同而有着不同的生活环境，有着不同的思维、性格和心理，这些形成合力，影响了人们不同的命运路径和人生轨迹。人的性别与生俱来。每个人因男女性别之差异，而在家庭、家族中处于不同角色之中，男的有儿子、父亲、兄弟、丈夫、女婿、姑父、姨父等角色，女的有女儿、母亲、姐妹、丈夫、媳妇、姨姨、姑姑等角色，这些都各自承担不同的使命和责任。在社会中，每个人同样因为男女有别，而所受的待遇不同，所处的境遇不同。在重男轻女的社会，女性承受的压力就比男性大得多。在男女平等的社会，男女都有自己的工作，也都有自己的话语权。望着人生来的路，发现一切都有安排，不必想太多，也不必求太多，顺利就好，心安就好。

每个人的故事都属于自己

在人生行旅上，每个人都有自己可忆、可讲的故事。有些人愿意将自己的故事讲给他人听，与他人一起分享，好多作家都会这样做。有些人不愿向他人讲自己的故事，但是他却将自己的故事以感悟的方式表达出来，好多哲学家都会这样做。当然很多人都把自己的故事留在心底，有时会回首那曾有过的风风雨雨。每个人在不同的人生阶段，都有着不同的人生故事。因为不同的人生阶段，遇到的人、碰到的事都不一样，由此演绎出的故事也就不一样。不同人的故事也各不一样，有的人多，有的人少，有的人精彩，有的人平淡，有的人伤感、不幸的多，有的人快意、顺心的多，那是因为每个人各有自己的人生处境。每个人的一生正是由自己大大小小的故事累积而成。人类的色彩缤纷的故事正是由每个人大大小小的故事聚集而成。在这当中有些人的故事有幸地被记载、流传下去了，成了人类前行中的重要读本，给他人、后人以启迪、感悟、借鉴。不过，我们很多很多人的故事都湮没在茫茫人海和历史长河中。尽管如此，我们每个人的故事都是属于自己的，都是自己值得珍藏和回味的。其实，只要把我们自己的故事写得有声有色，且能让周边的人值得一读，就足以安慰此生此行了。

我们是行走的地球人

不论你我胖瘦、高矮、美丑，你我都是真实的存在，都是一呼一吸的生命体，都是能言能行的地球人。

作为生命体，我们有开始，有结束，有一段因人而异的生命长度；我们有痛苦、有伤感、有幸福、有开心，有一种因情因境而变的生命感受。因为有生命长度，人终有告别生命的那一刻，而那一刻永远是随意、无常地到来，谁也不能准确、无误地把握住，人一生的努力方向就是要让那一刻姗姗来迟，让生命长度不断延伸，越长越好。当然生命终有落尽之时，只是希望那时那刻不是突如其来，而是顺其自然。因为有生命感受，人就要承受生命之轻重，就要面对、应对生命之内外压力，就要触摸生命的律动。人对生命的拥有不仅是要延伸其长度，更是要提升其质量，也就是人的生命所感受的一切更多的是真善美，更多的是尊重、尊严，更多的是爱心、开心。生命无常，生命脆弱。生命的点点滴滴都需要认真呵护，生命的分分秒秒都需要倍加珍惜。没有人享有生命之一切，也没有人拥有生命之永恒。

而作为地球人，我们都是生活在地球上人类中的一员。我们脚踏大地，仰望天空，呼吸空气，生存在人与人、人与自然构成的社会环境、生态环境之中。每个地球人都有属于自己的种族、民族、家族，都有自己生长的国度和家庭。种族、民族、家族的基因或明显或隐性地构筑着人类中每个人的生理和心理，从而使人类呈现出多元的状态和格局。作为地球人，每个人无不烙上其种族、民族、家族的印记。我们每个人又是生长在特定的国度和家庭中。国度是让生于斯、长于斯、终于斯的人们不离不弃的沃土，是让游子们记住乡愁、乡情、乡音的故土。家庭是每个人人生的始发站，是每个人休息停靠的港湾，是每个人获得温馨、慰藉的乐园。国与家也会因为这样那样的原因而给人们带来不理想的状态。但是不管怎样，国给人们带来了生长的土壤和地球的身份，家给人们带来了永恒的血脉和一生的亲情。

今天，你我不论过得怎样，都正行走在人生旅途上。尽管前方会有弯路，会有迷雾，但我们都将勇往直前，因为没有退路，不能重走。笑对生命的最后一刻，活出真实的自我，拥抱真实的自我，做个真实的自我！

讲真话、道真情、求真实

当一个人生活在一个国度、一个社会环境里，他对自己说的每一句话，都在考虑是否“正确”时，想必他心里是多么的压抑和痛苦。为了迎合“正确”，他就不得不违背自己的真心，说假话、吐假言，而不是说真话、吐真言。在这个国度、在这个社会里，很多人都成了两面人。他们为了工作，为了家庭，也为了自己，不得不言不由衷地说着大家都知道的虚伪的“真诚话”。说真话，真的那么难吗？人们从小都被教导要说真话，不要说假话，否则会被狼叼走。当一个人不能坦坦荡荡地说真话、做性情中人时，活在这世上，是不是太委屈了自己、太为难了自己？是不是那些想说真话的人只能跑到高高的山顶，望着无垠的天空、向着绵绵的群山，大声喊道“我们要说真话”？让天空让山谷回荡着“我们要说真话”。这是多么的凄凉、悲哀啊！也许有人会说，没有人不让你说真话啊！不是都在鼓励人们说真话吗？在那容不得真言真语的环境里，一旦有人说真话，就会被当作异类，遭排斥，受孤立，有时更是以言获罪，得到非人待遇，甚至迫害致死。也许有太多血的教训，让讲真话者付出代价，于是在那样的国度、那样的环境里，很多人心知肚明，明知对错、好坏、真假，却不愿、不想、不能实话实说，他们或明哲保身，或忍气吞声，或委曲求全。不过，世界上总有些人敢于讲真话、道真情、求真实，他们不愿一潭活水变死水，他们不想苟且偷生、委屈人生，他们不甘心任凭假大空摆布，他们明知山有虎偏向虎行，他们揭示真情真相，让国家发展不停滞，让社会向前不退步，让民众生活不落后，他们更想用自己的真心真情真意化作一缕缕阳光，照亮那些被蒙蔽的心智，唤起更多人的觉醒和坚强。他们怀着信念，带着勇气，走在迷惘的人群、困惑的人群、失落的人群、悲观的人群前面，拨开历史的云雾，指点现实的迷津，让人们看得更清，看得更真。对那些勇于讲真话求真实的人，唯有致敬、崇敬、尊敬。

来之偶然，去之必然

那天，当我获知教我开车的驾校赵教练因病无治不幸离世时，甚感突然，心里一阵难过。赵教练还不足40岁，还未成家就英年早逝。他今年四五月还教我如何考科目二。可如今，他却走了。至今，依然还记得他教我开车的点点滴滴。人们都说驾校的教练都很凶，都很会训斥学员。是的，也许这是他们职业所形成的吧！赵教练对我这位老同志学开车，也是很严厉训导的。而现在自己会开车了，再想想驾校教练们的严厉训导，其实都是对我们的好，是对我们今后驾车安全的负责，更是让我们对自己、对他人生命的负责。他们是我们开车的启蒙老师，就这一点我们真的要感谢驾校教练。年轻的赵教练的突然离去让我再次感到生命是那么的无常，是那么的脆弱。有时想，既然我们终将要离开这个世界，又何必来到这个世界？没有来，就没有去，这一来一去也就几十年光阴，这不是挺残酷、挺残忍的吗？也许这就是每个人绕不过的命运吧！其实，我们来到这个世界，不是我们情愿而来，也不是我们期待而来，而是我们偶然来之。来之偶然，却去之必然。我们却要为这偶然来之，一路风尘仆仆，一路披星戴月，一路悲喜交加。一路的付出，其个中滋味只有自己细品、细嚼。既然偶然来之，那就把人生当作一次与有缘人的聚会吧！我们与每个有缘人相遇相识相处都是一次次的偶然，正因为那一次次偶然，让我们的人生充满意外、充满惊喜。唯有让每一次偶然都能留下美好的记忆和回忆，纵然这聚会结束了，这人生也少些伤感和遗憾！

留一份清醒，留一份糊涂

世界是由人与人之间的关系和互动构成的。不同人之间的不同关系和互动构成了不同的世界。我们每个人都生活在各自的世界里。如果我们要生存在我们所处的世界中，我们就必须适应，即适者生存，否则，就会被这个世界所隔离、所孤立、所排斥。但是我们在融入我们所处的世界时，必须有一份清醒、有一份糊涂。清醒是要看清自己的位置和处境，不要超越界线，不要跨越边界，在自己的方位上、在自己的空间里做自己的事，即各行其是，这样方能专注自我、守住自我；要明白人生的事有些可为有些不可为，任何事皆有其理、其度，明白事之理、事之度，方能根据自己的能力做自己力所能及的事，不眼高手低、不好大喜功。糊涂就是要做到心中无事、无人、无我。无事就是不要把事事放心上。每一事皆有来处，也皆有去处，挡也挡不住，留也留不住。让每一事皆顺其来，顺其去。无人就是把每个人都当作宇宙中的过客，对一切之人皆一视同仁。无我就是把自我融入天地之间，天人合一，让宇宙融入心中，让心包容宇宙。然而要留有这样的一份清醒和糊涂，也实属不易，需要我们的定力、意志和毅力。不论我们有什么样的人生态度，我们所处的世界总是按照其自身规律运行的，我们要做的就是寻找最适合自己的生存之道，让那一份清醒、那一份糊涂能带来最佳的人生境界。

熬过冬天，笑迎春天

“冬天来了，春天还会远吗？”的确，冬天之后就是春天。可冬天至春天的这段日子却是寒风凛冽、冰冷刺骨，人们对这段日子只能用“熬”字来形容。熬过了冬天，才能迎来花开日暖的春天。万物皆如此。万物各以其道来熬冬。熊、蛇靠冬眠熬冬，树木靠飘落全部叶子来熬冬，人则靠加强保暖来熬冬。尽管冬天让万物煎熬，但是它也让万物休养生息，保存体能，待熬过这冬，再次焕发新的生机，开始新一轮生命运作。当然也有熬不过冬天的。大自然有冬天，国家、民族、人生也会遭遇冬天。国家之冬天，是因内乱或受外侵而导致的，内乱常因政府治理国家不善而导致，受外侵常因国力不济而导致。国家遭遇冬天，最苦的就是老百姓。他们无权无势，只能承受一切之苦，只能期盼那刺骨刺心的冬天早日过去。民族之冬天，那是因为人祸或天灾或被侵略而导致的。有些民族熬不过那冬天，就消亡了。我们人生之冬天，那一定是在内外压力作用下，陷入无助无望的低迷之状态中，那时人会产生万念俱灰、生无可恋之感。国家要度过冬天，政府就要开明、民主，善理政，增国力，聚民心。民族要度过冬天，全族人就要同心同德，共克时艰，要拥有积极向上的价值观，不断增强抵抗力、发展力。人生要度过冬天，就要让自己坚强起来，用信心和毅力穿越人生的冰天雪地。既然冬天到了，那春天就不远了。不论是自然的冬天，还是国家、民族、人生的冬天，我们都应怀着对春天的期盼和憧憬，坚强地熬过每一个寒冬，笑迎阳光明媚、花儿盛开的春天。

从无到有再到无的老房子

一座房子或一栋住宅高楼，盖起来往往需要数月或数年，要花费大量的人力、财力、物力。盖好后，人们搬进去住。于是这座房子、这栋大楼充满了人气。人们在里面演绎着各自的生活的锅碗瓢盆交响曲。一座房子、一栋大楼往往会住着两三代人。这座房子、这栋大楼见证了他们人生一段岁月甚至是一生的岁月。有的人因为这样或那样的原因搬离这座房子、这栋大楼，到别的地方居住，尽管如此，这座房子、这栋大楼依然会为他的人生留下一段难忘记忆。有一天，因为这样或那样的原因，这座房子、这栋大楼被拆掉了。当站在这座房子、这栋大楼的废墟上时，曾经住在这里的人们心中想必会有一阵唏嘘和慨叹，感到曾经可触摸的实实在在的东西，如今却变得虚无缥缈、空空荡荡。一座房子、一栋住宅大楼总是千辛万苦地盖起来，并陪伴很多人度过他们人生很多时光，可它们在毁灭掉时却只是一瞬间。很多毁灭掉的房子、大楼就像空气一样消失得无影无踪，不留存在任何影像、视频中。由此反观，我们每个人活在这个世界的命运，是不是也像那座房子、那栋大楼一样？也是千辛万苦地从无到有地成长起来，也经历过多少人间风风雨雨，可是我们从有到无也只是一瞬间的事情，只不过那一瞬间不知道什么时候会到来，但一定会到来。我们知道那天会到来，但我们不是死死、傻傻地等待，而是我行我素地行走在人生路上。正因为知道人生本是苦与短，所以我们努力活好自己的每一天。当我们一生能够给自己也给所爱的人带去快乐和幸福时，纵然那天到来，纵然不被人记起，此生也足矣，因为我们活过、拥有过、奉献过！

生活中的变与不变

年末又至，盘点一年，有得有失，有酸有甜，有苦有乐，年年如此，岁岁相同。一年又一年，不变的永远是时光的步伐，它总是那样从容不迫又匆匆而过，让人扶不住、握不住、留不住；变化的永远是我们的容颜、我们的情怀、我们的心境，岁月如刀一直悄然地将我们刻老，生活如风一直吹起我们心中的涟漪，让人多愁善感。每到年末，总难免感叹一番，叹时光飞逝，叹人老天不老，叹几多欢乐几多忧愁。感叹归感叹，生活归生活。生活之河不因为新旧年之交替而不流淌、不奔腾。过了旧年，迎来新年，生活的一切依然要去面对。生活中，不变的，会依旧不变；要变的，也一定要变。当站在新旧年的交点上时，纵有千般感慨，万般思绪，也难抵自己依然健康活着。也许对生命习以为常，想生命会永远相伴。可生命永远是无常。人们常说聚一次面，就少一次。的确，相见不易，再相见更难。每个人的生命能彼此有相遇、有交集，充满偶然，实属不易，实在难得。有时想想，新年究竟意味着什么？难道仅仅是辞旧迎新、吐故纳新吗？难道仅仅开始新的计划、新的起步吗？难道是百尺竿头从头越吗？难道是沉舟侧畔千帆过吗？难道又是一场游戏一场梦吗？难道又是今朝有酒今朝醉吗？也许这些都有吧！其实新旧年之分，只是让我们对人生对生命进行一年一度新的审视和把握。当我们站在年初来看 365 天时，似乎觉得一年的日子还是蛮长的，心中会涌起不少想法和期待，对人生、对生命似乎看到新的风景、新的画面，会暗下决心要好好地生活。当我们站在年末回望那 365 天，会感到时光怎么就过得那么快，似乎有好多事还没做完，还没做好。不论得多得少，也不论想多想少，人生的轨迹、生命的年轮都按照其规律运行着，我们须把握住当下的每一步，让它走得有力、踏实。